**날것
그대로의
섭식장애**

지은이 정유리

20대의 어느 순간 시작된 섭식장애, 정확히는 폭식·제거형 거식증을 13년째 앓고 있으며, 그 외에도 물귀신 같은 여러 정신 질환과 동행하는 삶을 살고 있다. 36킬로그램과 63킬로그램을 오가며 울고 웃는 날들을 무한히 겪고도 여전히 먹는 일이 두렵다. 가장 먹고 싶지만 못 먹는 건 치킨과 프라푸치노. 그래도 요즘은 과자를 먹고도 토하지 않는 날들이 늘어 간다. 숨은 동지들에게, 언젠가 섭식장애에도 끝이 올 수 있다는 걸 말해 주고 싶다. 2018년부터 2020년까지 브런치에 《날것 그대로의 섭식장애》를 연재했다.

brunch.co.kr/@aiyouri

날것 그대로의 섭식장애

초판 1쇄 발행 2022년 7월 5일

지은이 정유리 | 발행인 박윤우
편집 김동준, 김유진, 김송은, 성한경, 여임동, 장미숙, 최진우
마케팅 박서연, 이건희 | **디자인** 서혜진, 이세연 | **저작권** 김준수, 백은영, 유은지
경영지원 이지영, 주진호 | **발행처** 부키(주) | **출판신고** 2012년 9월 27일
주소 서울 서대문구 신촌로3길 15 산성빌딩 5-6층 | **전화** 02-325-0846
팩스 02-3141-4066 | **이메일** webmaster@bookie.co.kr
ISBN 978-89-6051-930-5 03810

만든 사람들 편집 김유진 | **디자인** 이지선 | **조판** 김지희 | **표지 일러스트** 권서영

날것
그대로의
섭식장애

정유리
에세이

부·키

차례

먹방과 먹토 사이

TV를 틀면 요리를 하거나, 먹거나, 배우거나, 대결하 거나, 판매하는 프로그램들을 너 나 할 것 없이 보여 준다. 인터넷 방송에서도 각종 콘셉트의 먹방이 넘쳐 나고, 친구 들의 소셜 미디어 계정에는 한국을 넘어 세계 각지의 음식 사진과 리뷰가 가득하다. 어딜 봐도 먹는 것, 음식이 주인 공이다.

집에서 잠옷 차림으로 나와 엘리베이터만 타면 상가 내 마트에 갈 수 있고, 24시 편의점이 한 블록에도 몇 개씩 들어서 있다. 세계 최고라는 자부심을 내세우는 배달 서비 스는 나날이 발전해 랍스터나 파스타, 아이스크림까지 원 하는 메뉴를 어디서든 먹을 수 있게 해 주며, 길거리에는 한 집 건너 한 집이 음식점이라 의도하지 않은 먹자골목이 즐비하다.

지인들에게 요즘 사는 즐거움이 뭐냐고 물어보면 대

개 비슷한 대답이 돌아온다. 월급 기다리는 재미, 퇴근 후 기울이는 술 한잔, 야식으로 먹는 치맥, 줄 서서 기다렸다가 먹는 맛집에서의 한 끼. 그야말로 먹는 것이 낙인 시대이다. 사는 건 매일이 고되고, 더 큰 행복은 여간해서 손끝에도 닿기 어려운 세상에 음식만이 누구에게나 허락된 가장 큰 사치이자 낙인 건지도 모르겠다.

식욕을 자극하는 온갖 유혹과 대조적으로, 무대 위 아이돌과 스크린 속 배우들은 여전히 젓가락처럼 빼빼 말라 간다. 수많은 맛집 리뷰와 먹방과 함께, 연예인들의 다이어트 전후 사진과 아이돌 식단은 늘 화젯거리며, 하루에 5~10분이면 원하는 몸을 만들 수 있다는 운동 영상들이 높은 조회 수를 기록한다. 길거리 옷가게와 인터넷 쇼핑몰에서는 작은 치수의 옷이 프리사이즈로 판매된다. 쇼핑몰에서 배달된 옷들을 보며 '이걸 다들 입고 다닌단 말이야?' '대체 누가 이걸 입을 수 있지?' '다들 알게 모르게 환불하는 거 아닐까?' 하고 생각하곤 했다. 옷이 몸에 맞지 않으면 평균에 속하지 못하는 몸매라고 수치감을 안겨 주는, 전혀 프리하지 않은 프리사이즈.

어떤 모임에서 '여자의 내숭'이 대화 주제에 오른 적

이 있었다. 그때 몇몇 남자들이 식사 자리에서 예쁘게 보이려고 소식하는 여자들의 행동을 내숭이라 칭하며 서로 공감했다. 순간적으로 울컥한 나는 그게 어느 시대 이야기냐며 언성을 높였다. 요즘 여자들은 맛있게 많이 먹는 걸 연기하고, 뒤에서 토하거나 몇 시간씩 고된 운동을 한다고. 어쩌면 그 한 끼를 위해 며칠을 굶는다고. 이성을 앞에 두고 뭐든 가리지 않고 잘 먹는 척하는 것이 내숭인 시대라고 말했다. 그러자 이내 다른 여자들도 고개를 끄덕였다. 복스럽게 잘 먹는데 살찌지 않는 몸. 그 불가능한 일이 당연한 가치로 받아들여지는 세상을 살아가고 있는 것이다.

2017년의 한 조사*에 따르면 대한민국 20대 여성 10명 중 1명이 섭식장애를 앓고 있다고 한다. 대대적인 연구 결과를 운운하지 않아도 바로 옆으로 고개만 돌리면 섭식장애가 의심되는 사람들이 왕왕 보인다. 살찌는 게 두려우나 식욕을 어찌지 못해 술만 마시는 사람, 영양 결핍이 심해 기미가 얼굴을 덮고 탈모에 시달리는 사람, 전날

---

* 차보경, 〈성인초기여성의 섭식장애에 영향을 미치는 요인에 관한 경로 분석〉, 《Journal of Nutrition and Health》 50호, 2017.

마신 술로 숙취에 시달리면서도 눈뜨자마자 스쿼트를 하는 사람, 밥과 간식의 경계가 없어져서 깨어 있는 모든 시간에 먹을 것을 입으로 가져가는 사람, 100만 원짜리 퍼스널 트레이닝 이용권을 끊어서 살을 10킬로그램 뺀 후 다시 5킬로그램을 찌우고 또 5킬로그램을 뺀 뒤 또다시 10킬로그램을 찌우기를 반복하는 사람, 모든 음식의 칼로리를 줄줄이 외우는 사람, 잦은 구토로 손등에 굳은살이 박이고 만성 식도염을 앓는 사람 등등.

섭식장애는 여성이 남성보다 압도적으로 많은 비율을 차지한다고 하지만, 요즘엔 섭식장애를 앓는 남성도 어렵지 않게 찾아볼 수 있다. 이 병이 얼마나 흔해졌는지, 마른 내 몸을 보고 "혹시 먹고 토하고 그래요?"라고 대놓고 묻는 사람도 있었다. 더 이상 연예인들의 섭식장애 커밍아웃이나 거식증이 의심된다는 가십들이 낯설지 않다. 그만큼 섭식장애는 지금 우리 사회에 만연하며, 섭식장애를 겪는 사람의 주변인이나, 혹시 나도 거식증이나 폭식증이 아닐까 생각해 본 적 있는 사람들까지 더한다면, 단지 일부 환자들만의 이야기가 아니다.

먹는 것이 낙인 시대를 살면서 그조차도 마음대로 먹지 못하고, 각종 요리 프로그램과 넘쳐 나는 음식 광고 속에서 식욕 자체를 거부하는 사람들. 이들은 음식을 열망하는 동시에 두려워하며, 끈질기게 쫓아오는 불안과 공허감에 시달리고, 그 끝에 오는 엄청난 무게의 자괴감과 싸운다. 그리고 그 곁에는 그들을 지켜봐야 하는 가족과 지인들이 있다.

나는 섭식장애를 13년 정도 앓고 있다. 물론 그 외에도 물귀신 같은 여러 정신 질환을 동반하고 있다. 섭식장애 관련 책을 읽다 보면 다양한 이유로 글을 쓰게 된 작가들의 사연이 나온다. 나는 섭식장애를 이겨 낸 것도 아니고 의사처럼 치료에 도움이 되는 정보를 제공할 수 있는 것도 아니다. 다만 나는 섭식장애, 그중에서도 거식증 전문가다. 내가 이 장애를 앓으면서 겪었던 일들, 환자로서 생각하고 느끼고 고통받은 것들에 대해서는 전문가라고 감히 말할 수 있다. 환자 입장 전문가.

이 글의 목적은 고해성사에 가까운 고백으로 나를 구원하는 것이다. 다른 누구를 위해서가 아니라 무엇보다 나 자신을 위해서 글을 쓰고 싶다. 글쓰기의 힘으로 있는 그대로의 나를 마주하는 것, 활자의 힘을 빌린 고백을 목격당하는 것, 그게 이 글을 쓰는 첫 번째 목표다. 실패한다

(응)

해도 의미 있을 것이라 믿는다. 그래서 내 글은 철저하게 이기적인 글이다. 어떤 이에게는 공감이 되고 위로도 되겠지만, 때로는 절망적으로 느껴지기도 할 것이다. 그래도 괜찮다면 지켜봐 주길 바란다.

응원까지 바라지 않아도 한 가지 욕심이 있다면, 섭식장애에 대해서 오해 없이 알리는 것이다. 오랜 시간 이 병을 숨기고 변명하고 거짓말하느라 나는 너무 지쳤다. 이 글을 읽는 사람이 섭식장애가 있는 사람이건 섭식장애인을 곁에 둔 사람이건 혹은 전혀 상관없는 사람이건, 적나라한 섭식장애의 세계를 알게 될 것이다. 날것 그대로의 섭식장애에 대해서.

"모든 슬픔은
그것을 이야기로 만들거나
그것에 관해 이야기할 수 있다면
견뎌질 수 있다."

_이자크 디네센

1
섭식장애
13년차입니다

날씬해서 예쁘다고요?

섭식장애를 다룬 책을 읽거나 전문가의 조언을 들어보면 병을 자각하고 인정하는 것이 치료의 시작이라고들 한다. 당연히 그게 쉽지 않다. 나 역시 내가 겪는 일을 정신 질환으로 인정하기까지 오랜 시간이 걸렸다. 그 이유는 첫째, 혼자 있을 때 남들 모르게 하는 행동이기에 굳이 밝히지 않으면 사회생활에 지장이 없었다. 그렇게 믿었다. 둘째, 자괴감이 들어 힘들 뿐이지 그 행동 자체가 큰 문제는 아닐 거라고 회피하고 싶었고, 셋째, 섭식장애라는 병명 자체가 수치스러워 인정할 수 없었다.

내 인생에서 섭식장애의 시작은 여전히 모호하다. 몇살 때부터, 어느 순간부터 갑자기 발병했다고 말하기는 어렵다. 이 병은 서서히 내 머릿속에서 진행됐고 하나씩 행동화됐으며 점차 그 농도가 진해졌다. 그럼에도 더는 스스로를 속일 수 없던 순간이 있다.

대학 시절에 교수님 두 분과 몇몇 학생들과 함께 식사를 하게 됐다. 저녁 식사였고 메뉴는 국수였다. 나는 1인분씩 담겨 나오는 음식을 윗사람과 한자리에서 먹어야 한다는 것 자체에 이미 잔뜩 겁을 먹고 있었다. 비빔국수는 먹은 양이 너무 분명하게 드러날 것 같아서 잔치국수를 시켰다. 먹기 전에 옆자리의 남학생에게 몇 젓가락을 덜어 준 뒤 국물을 겨우 마셨는데 그것도 견디기 어려워 결국 화장실에 가서 토하고 말았다. 이 일을 특별히 기억하는 이유는 내가 존경하고 좋아하던 교수님과의 식사 자리였기 때문이다. 그 교수님과 더 많은 이야기를 하고 싶었고 건강하고 밝은 모습을 보이고 싶었으나, 그 모든 바람보다 음식을 섭취했다는 역겨움이 우선했다는 사실이 두고두고 충격이었다. 심지어 그 국숫집 화장실은 남녀 공용에 파리가 들끓는 비위생적인 환경이었다.

　　이것은 내가 섭식장애를 부정했던 첫 번째 이유가 틀렸다는 걸 마주하게 된 사건이었다. 사실은 사회생활에 지장을 느낀 지 오래되었고, 주변에 숨길 수 없는 이상행동을 반복하고 있음을 인정할 수밖에 없었다.

　　그 사건 이전부터 나는 이미 먹는 양을 줄여 가며 칼로리 전쟁을 벌이고 있었다. 살이 찌면 안 된다는 강박에 과자나 인스턴트식품은 쳐다보지도 않았고 밥은 반 공기에서 반의반 공기로, 열 숟가락에서 다섯 숟가락으로 줄여 갔다. 더 이상 밥을 씹어 삼키기 싫어지자 쌀 몇 숟가락을 물에 끓여 탱탱 불린 멀건 죽을 하루 종일 나눠서 먹었다. 사람들과 함께 식사를 할 때는 내가 얼마나 먹는지 가늠하기 어려운 전골이나 탕을 먹으러 가곤 했다. 고깃집에라도 가게 되면 무조건 고기 굽는 역할을 자처해 먹을 기회를 줄였고, 조금이라도 배가 부르다 싶으면 화장실에 가서 토했다. 결국은 쌀을 완전히 끊어 내고 그 외의 탄수화물 섭취도 극단적으로 제한했다.

아무것도 먹지 않은 어느 날, 위산이 배를 난도질하는 고통에 자취방에서 혼자 몸부림을 치고 있었다. 그때 휴대폰 개통 사은품으로 받은 육개장 사발면이 눈에 들어왔다. 헐레벌떡 포장을 뜯고 생라면을 입으로 쑤셔 넣었다. 다른 컵라면에 비해 면발이 얇은 육개장 사발면이 오도독 소리를 내며 씹혔다. 그렇게 한참 생라면을 흡입하다가, 튀긴 밀가루를 먹어 버렸다는 사실에 뒤늦게 경악한 나머지 화장실에도 가지 않고 방 한가운데서 구토를 했다. 부서졌으나 아직 완전히 형태를 잃지 않은 조각난 라면들이 침과 함께 방바닥으로 후드득 떨어졌다.

이때 무슨 생각이 들었는지 아는가? 나는 더러워진 방을 걱정하지 않았다. 겨우 섭취한 음식을 토했다는 자괴감이 든 것도 아니었고, 내 위와 식도의 건강을 염려한 것도 아니었다. 단지 음료 없이 생라면을 먹으면 토하기가 몹시 어렵다는 생각을 했다. 다음에 또 생라면이나 그런 종류의 딱딱하고 마른 음식을 먹게 된다면 꼭 물이랑 같이 먹어서 더 쉽게 토해야겠다는 다짐을 했다. 조각난 라면의 뾰족한 단면들이 식도를 긁어서 너무 고통스러웠던 것이다. 토한 후에는 먹은 만큼 다 토해 내지 못했다는 생각에 집 밖으로 나가 1시간가량 뛰어다니며 열량을 소모했다.

비단 자괴감의 문제가 아니었다. 비정상적인 사고와 행동들은 내 삶에 치명적인 해를 입히고 있었다. 위염과 식도염이 생기고 머리카락과 근육이 빠져나갔다. 화장실에 왜 그렇게 오래 있는지에 대해 사람들에게 더 이상 변명할 거리가 없었다. 무엇보다 사람이 사는 것 같지 않았다. 고통스럽고 불행했다. 가까스로 살을 빼고 유지하는 와중에 들려오는 날씬해서 예뻐 보인다는 말이 나를 가장 슬프게 했다. 이미 신체적 건강과 정신사회적 기능이 심각하게 손상된 상태였으나, 먹는 것에 대한 강박과 집착을 그만둘 수가 없었다.

　내가 대학생 때 집착했던 숫자는 43이었다. 43킬로그램을 유지해야 한다는 강박에 그토록 괴로운 나날을 보냈다. 아무것도 안 해도 밝게 빛났을 나이에, 저울에 표시되는 43을 위해 포기하고 잃은 것들이 너무도 많았다.

　어느새 나는 서른이 넘었고 그사이 내 몸은 63킬로그램과 36킬로그램을 경험했다. 여기까지 읽은 사람은 대체 내가 무슨 장애인지 헷갈릴 수 있다. 토하는 걸 보면 폭식증 같기도 한데, 식사를 절제하며 마른 몸을 가졌다고 하니 거식증 같기도 할 것이다. 혹은 거식증과 폭식증을 모두 진단받았다고 생각할 수도 있다.

　섭식장애란 음식을 섭취하는 것에 현저한 장애를 가진 모든 정신 질환을 일컫는다. 미국정신의학회가 분류한 진단 기준에 의하면 정확한 명칭은 급식 및 섭식장애Feeding and Eating Disorder이며, 이 안에 신경성 식욕부진증Anorexia Nervosa, 신경성 폭식증Bulimia Nervosa, 폭식증Binge-Eating Disorder 등이 포함된다.

　신경성 식욕부진증이 익히 알려진 거식증이다. 거식증은 체중 감소와 유지를 위해 음식을 거부하며 영양 섭취를 하지 않는 증상을 보인다. 여기까지는 쉬운데, 신경성 폭식증과 폭식증은 비슷한 이름 때문에 헷갈린다. 이 둘의 차이는 폭식을 한 뒤 보상행동을 하느냐 안 하느냐다. 신경성 폭식증은 과식에 대한 불안으로 설사약이나 이뇨제 등의 약물을 사용하거나 구토와 같은 제거 행동을 할 때 진단된다. 그에 반해 폭식증은 상습적인 과식으로 자괴감과 불안을 느끼면서도 보상행동은 하지 않는다.

　나는 살이 찔 것이 두려워 식사를 거르거나 최소화하면서, 신경성 폭식증처럼 섭취한 음식을 제거하는 행동을 한다. 그러면서 한때 심하게 살이 찐 경험도 있다. 나의 정확한 진단명은 신경성 식욕부진증이다. 이 병은 다음과 같은 세 가지 핵심 증상을 보인다.

- 음식물 섭취를 지속적으로 제한하며 현저한 저체중 유발
- 체중 증가에 대한 극심한 두려움과 체중 증가를 막기 위한 지속적인 행동(이는 저체중일 때도 마찬가지다)
- 본인의 신체와 체중에 대한 왜곡

　나는 이 세 가지를 모두 충족한다. 다들 나를 보며 징그러울 만큼 말랐다고 할 때도 내 눈에는 여전히 두툼한

허벅지와 뱃살이 보였다. 나만의 방식으로 하루에도 여러 번 뱃살을 체크한다. 살이 찌지 않기 위해 어지러움을 견뎌 가며 운동하고 다이어트 약을 복용한다. 곤약이나 사과를 먹고도 배부르다 싶으면 토한다. 한때 나의 체질량지수 BMI는 15였고, 그에 따른 식욕부진증 심각도는 고도였다. 15 이하로 떨어지면 최고 단계인 극도에 돌입하게 되고 입원이 필요하다.

신경성 식욕부진증을 겪는 사람의 대부분은 5년 안에 증상이 일시적으로 혹은 완전히 나아지는 '관해寬解'를 경험한다. 나 역시 이 시기에 살이 토실토실 쪘던 거다. 관해는 다시 부분 관해와 완전 관해로 나뉘는데 이에 대해서는 뒤에 가서 다시 이야기하겠다.

거식증 환자들 중 식욕을 참지 못한 상당수가 폭식증을 갖게 된다고 하는데, 정확하게는 거식증에도 두 부류가 있다. 제한형 거식증은 단식과 운동으로 저체중을 유지하는 것이고, 폭식·제거형은 나처럼 일부러 토하거나 하제, 이뇨제 등을 오용하는 부류다. 폭식·제거형의 일부는 폭식이 아니라 소량의 음식을 섭취했을 때도 규칙적으로 제거 행동을 보인다.

거식증에 대한 흔한 오해 하나를 바로잡자면, 거식증

과 신경성 폭식증은 동시에 진단되지 않는다. 공통되는 여러 정신적, 행동적 증상에도 불구하고 각 진단명의 임상적 경과와 결과, 치료 방향이 매우 다르기 때문이다.

섭식장애를 가졌다는 것만으로도 상당히 부끄러운 일인데 그중에서도 나 같은 폭식·제거형 환자들은 더 심한 수치심을 느낀다. 음식을 거부하는 수많은 이유와 원인을 살펴보면 그 수치심의 깊이는 이루 말할 수 없다. 또한 자기 관리가 잘 된 사람에게는 찬사가 주어지지만 그렇지 못한 사람에게는 비난이 쏟아진다. 날씬한 몸을 소유한다는 것이 부러움과 질투를 유발하는 만큼이나, 폭식과 구토는 '그럼 그렇지. 저렇게까지는 아니야. 내 그럴 줄 알았어'라는 식의 비난을 받기 쉽다. 절제형의 거식증 환자에게는 동정이나 심지어는 대단하게 보는 시선(이게 말이 되나 싶지만, 거식증에 걸리고 싶어 하는 '프로아나pro-anorexia'가 청소년 사이에서 유행하고 있다)이 가지만, 신경성 폭식증이나 폭식·제거형 거식증 환자에게는 더 많은 질타가 가해지는 것이다.

오늘 이 수치심을 안고 고백하건대, 나는 폭식·제거형의 신경성 식욕부진증이며 관해를 이미 경험한 적 있는 만성화된 환자다.

액체류를 즐겨 먹는 사람

"뭐 좋아해?"

"뭐 먹을 수 있어?"

"라면은 먹어?"

"대체 뭘 먹어?"

내가 숱하게 받는 질문들이다. 이 기회에 내 식습관의 변천사를 낱낱이 밝혀 보고자 한다.

처음부터 식단 조절만으로 살을 뺐던 건 아니다. 여간해서 아침을 거르지 않을 정도로 하루 세끼를 꼬박꼬박 챙겨 먹었다. 소량을 먹더라도 세끼를 규칙적으로 먹어야 살찌는 체질이 되지 않기 때문이었다. 일찍 일어나기 위해 일찍 잠들곤 했던 건 다음 날 먹을 아침밥이 기대되어서였다. 아침에 가장 죄책감 없이 먹을 수 있었다. 좋아하는 음식은 계란, 고구마, 두부 등 한식 위주였고 피자나 햄버거,

라면은 어려서부터 크게 좋아하지 않았다. 자전거 타기나 산책, 등산, 수영을 즐겼고 줄넘기와 요가도 틈틈이 병행했다. 살이 찌려야 찔 수 없는 사람이었던 거다. 그러나 살이 쪘고, '다이어트는 평생 하는 것'이라는 말에 공감하는 사람이 되었다.

다이어트에 돌입하면 간식을 전부 끊고 삼시 세끼 한식 위주로 밥만 먹었다. 그러면 2킬로그램 정도가 빠진다. 그리고 운동을 시작해 점차적으로 강도를 높인다. 그렇게 3~4킬로그램을 더 빼고 나면 정체기에 접어드는데, 이때 마지막으로 식사량을 절반가량 줄여서 목표한 몸무게에 도달한다. 나는 키가 작아서 55킬로그램을 넘으면 '살이 좀 있네'라는 소리를 듣곤 했다. 스무 살 때까지만 해도 내 키에 47킬로 정도면 꽤 괜찮은 몸이라고 생각했고, 55킬로를 찍으면 최소한 49~50킬로까지 살을 뺐다. 47까지 뺀다고 해도 한 달 안에 49~50으로 돌아갔기 때문이다. 경제적으로 넉넉하지 못했기 때문에 늘 저렴한 옷을 사 입었는데, 대개 프리사이즈로 나오는 그런 옷들을 입기 위해서라도 50킬로를 넘지 않아야 했다.

술맛을 알고 나서는 체중 관리가 더 어려워져서 다이어트에 대한 스트레스가 극에 달했다. 예전에 쓰던 방법으로는 40킬로그램대를 유지하기가 어려웠다. 47킬로가 되어야 남들이 날씬하다고 봐 주고 50킬로면 통통하거나 딱 보통인 몸으로 봐 줬기 때문에 나는 평생 마른 사람은 될 수 없다고도 생각했다. 마른 사람들은 애초에 그렇게 태어난 거라 나랑은 다른 세계의 사람이라 여겼다.

그러다 잊고 지냈던 어린 시절을 떠올렸다. 어렸을 때 내 별명은 '갈비'였다. 그만큼 말랐었다. 중학생 때까지만 해도 다이어트가 뭔지도 모르고 살았다.

그때부터 마른 사람들을 관찰하기 시작했다. 먹어도 살이 안 찐다는 희귀종을 제외하고, 마른 사람들은 공통점이 있었다. 그들은 정말 잘 먹지 않았다. 먹는 걸 귀찮아하기까지 했다. 아침을 안 먹는 건 너무 당연한 일이고, 입도 짧고 가리는 음식도 많았다. 아침을 거른다는 것이 내게는 있을 수 없는 일이었는데, 막상 시도해 보니 하루 중 오전의 공복감을 견디는 게 가장 쉬웠다.

우선은 식사량을 줄였다. 튀긴 음식과 빵, 떡을 먹지 않았다. 집에서만큼은 식용유와 소금을 넣지 않은 요리를 해 먹었고, 데이트할 때에는 죽집에 갔다. 죽집 브랜드별로 쿠폰과 포인트가 쌓였다. 그러다 결국엔 쌀을 끊었다. 대신 두부를 먹기 시작했는데, 순두부 한 개에 물과 계란만 냄비에 넣고 끓여 아무런 간을 하지 않은 채 먹었다. 이 식단을 6개월간 지속했다. 찌개에 든 두부를 으깨서 스크램블드에그와 비벼 먹기를 3개월, 곤약을 식용유 없이 계란과 볶아 먹기를 또 몇 개월. 그렇게 칼로리는 낮으나 배가 차는 음식들만 골라 먹었다. 너무 배가 고플 땐 우유를 마셨다. 식비도 줄어 일석이조라고 생각했다.

다이어트의 가장 큰 적인 술자리는 어떻게 했냐고? 술 약속이 있는 날에는 식사량을 최대한 줄이거나 아무것도 먹지 않은 채 츄파춥스 한 개를 샀다. 소주 한 잔 마시고 츄파춥스 한 번 빨기를 반복하며 술자리를 버텼다.

그렇게 끼니를 거르고 식사량을 대폭 줄이자 눈에 띄게 체중에 변화가 왔다. 하루가 다르게 저울의 눈금이 줄어들었다. 힘들게 운동할 필요도 없었다. 운동을 안 하니 근육이 빠져 이른바 걸그룹 일자 다리가 되었다. 그렇게 만족스러울 수가 없었다.

바텐더로 일하는 아는 언니가 있었다. 그 언니는 얼굴도 예뻤지만 매우 날씬한 몸을 가지고 있었다. 어느 날 언니와 집에서 술을 마시게 되었다. 술자리가 끝나 갈 무렵, 언니는 남은 안주를 마구 흡입하더니 화장실로 달려가 먹은 걸 모두 게워 냈다. 처음엔 술 때문에 속이 아파서 토하는 줄 알았다. 그러나 그 뒤로도 언니는 술자리 마지막에 화장실로 달려갔고 한참이 지나서야 자리로 돌아왔다. 슬프게도 나는 그걸 배우고 말았다. 간이 안 된 음식을 지겹도록 먹다 지친 어느 날, 매운 라면을 끓여 먹고 토를 했다.

　처음엔 토하는 것이 어렵고 무섭기도 해서 두세 번 크게 토하고 나면 순순히 화장실을 나오곤 했다. 그 여파로 한때 살이 좀 오르기도 했다. 그러다 점차 요령이 생겼다. 손가락을 어디에 얼마나 집어넣어야 하는지, 어떤 더러운 생각이 토하는 데 도움이 되는지, 어떤 종류의 음식들이 게워 내기에 수월한지 보고서를 쓸 수 있을 정도였다. 요령이 늘면서 토하는 횟수도 늘었다. 제거 행동이 체중 유지에 효과가 있다는 것을 확인한 뒤에는, 30분 이내로 먹을 수 있을 만큼 먹은 뒤 토하기를 반복하는 지경이 되었다. 집에서만 하던 구토를 밖에서도 할 수 있게 되자, 사람들과의 모임에서 억지로 음식을 먹거나 술자리에서 안주를 먹은 뒤에 토하는 것도 일상이 되었다. 지금은 입으로 들어간 모든 것을 확인하듯 토해 낸 뒤 마침내 비릿한 위액을 맛보고 피를 볼 정도가 되어야 만족스럽게 화장실을 나온다.

몇 년 전에 섭식장애가 크게 악화되었다. 그 당시 내가 먹은 것들을 소개하자면 다음과 같다.

> (우유나 요구르트가 아닌) 물에 불린 오트밀과 뮤즐리
> 찐 단호박, 삶은 고구마와 감자
> 드레싱을 뿌리지 않은 각종 샐러드, 과일
> 냉동 야채 믹스 삶은 것
> 연두부와 순두부, 크래미, 곤약

그러다가 위의 목록조차 불안해하며 잘 먹지 못하게 되었다. 기름 없이 조리한 스크램블드에그를 먹다가 반숙으로 삶은 계란으로, 그보다도 더 칼로리가 낮은 맥반석 계란으로 바꿨다. 오트밀과 뮤즐리로부터 점차 멀어졌고, 바나나도 끊었다. 감자와 고구마도 먹지 못했다. 그토록 사랑하던 유제품에도 작별을 고했다. 대신,

> 청양고추와 토마토, 사과, 배, 감을 먹었다.
> 상추와 깻잎을 접시에 가득 담아 놓고 먹었다.
> 소금을 바르지 않고 구운 재래 김을 먹었다.
> 무를 작게 썰어 삶아 먹었다.

가장 많이 먹은 건 아메리카노와 물.

그러니 사회생활에 문제가 생기지 않을 수가 없었다. 신장이 좋지 않아 잘 먹지 못한다는 거짓말도 통하지 않았다. 추위를 너무 많이 탔고 늘 기운이 없었다. 근육이 다 빠져나가서 유리문을 열 힘이 없었고, 생수 뚜껑을 따는 데도 도움이 필요했다. 결국 직장을 그만두고 입원해서 환자용 단백질 음료를 먹게 되었다.

스물네 살 때 나보다 두 살 어린 A를 알게 되었는데, A는 심각한 수준의 거식증이었다. 누가 봐도 눈살을 찌푸릴 정도로 뼈밖에 없었다. A와 어울려 다닌 동안 A가 음식을 씹어 먹는 걸 본 적이 없다. A는 언제나 액체만 먹었다. 음료수와 술. 그게 몇 개월간 A가 내 앞에서 먹은 전부였다.

나 자신의 거식증이 악화되면서 가끔 A를 떠올렸다. A에게는 음료수와 술을 '마시다'가 아니라 '먹다'라고 표현해 줘야 했다. 당시에는 이해하지 못했던 A의 행동들에 뒤늦게 공감하게 되었다. A를 떠올리며 때때로 가슴 아파 눈물짓기도 하고 가끔은 원망하기도 했지만, 결국엔 A의 행복을 간절히 빌곤 했다. A가 아직 살아 있기를, 회복되었기를, 회복되어 가기를, 행복하기를.

그리고 어느 새인가 나는 씹지 않아도 넘어가는 종류를 즐겨 먹는다고 자신을 소개하게 되었다. 액체류를 좋아하는 사람이라고.

망가지고 잃어버린 것들

거식증 환자들은 건강해지고 싶은 욕구가 있으면서도 계속해서 체중 증가에 큰 두려움을 느낀다. 어느 정도 살집이 있는 몸이 매력적이라고 생각하면서도 자기 몸에 붙는 지방은 용납하기 어렵다. 의지를 갖고 치료에 돌입하고도 몸무게에 대한 강박을 좀처럼 내려놓지 못한다. 병원에서 만나는 다른 환자들의 몸무게를 확인하고 스스로와 비교하며, 심지어 자신이 너무 나태했다는 죄책감마저 갖는다. 극심한 저체중이 아닌 거식증 환자들을 속으로 비난하기도 한다.

이런 양가적인 마음과 괴로움을 잘 알기에, 이 책에 쓴 내 이야기가 누군가에게는 비교 대상이 되고, 채찍질이 되며, 어쩌면 거식 행위를 지속하는 방법을 배우는 도구가 될 수도 있다는 걸 인지하고 있다. 그럼에도 이 이기적인 글쓰기를 이어 나가는 것에 대한 죄책감을 조금이라도 덜기 위해, 내가 섭식장애를 겪으며 잃은 것들에 대해 이야기하려 한다.

　사람이 밥을 먹지 않으면 점점 예민한 성격이 된다. 허기지고 기운이 없어서 그렇기도 하지만, 칼로리 계산에 대한 강박 때문에 늘 신경이 곤두서고 짜증이 많아진다. 칼로리 계산은 내가 먹은 것들과 먹을 것들에만 국한되지 않는다. 기초대사량과 섭취한 칼로리를 계산하고 마신 물의 용량과 소변을 배출한 횟수를 계산한다. 앉아 있을 때와 계단을 오르내릴 때, 걷고 뛸 때의 거리와 시간, 운동량 또한 당연히 계산한다. 내가 선택해서 먹게 된 것들의 칼로리를 안전하게 소모시키는 것만으로도 힘든데, 억지로 섭취하게 된 음식이 있을 때는 그 죄책감이 두 배로 커진다. 이미 했던 칼로리 계산을 하루에도 몇 번씩 하고 또 하다 보면 예민함은 점점 더 늘어 간다.

　음식을 거부하려는 부단한 노력으로 결국에는 배고픔마저 느끼지 못하게 되지만, 그렇다고 음식에 대한 욕구가 사라지는 것은 아니다. 오히려 눈 떠 있는 모든 시간에 끊임없이 음식에 대해 생각한다. 예전에 먹었던 요리를 떠올리며 맛을 상상하고, 요리 동영상을 보거나 정갈한 음식

사진을 모은다. 내가 먹을 수 있는 음식을 고민하고, 어떤 조리 방법을 통해 칼로리를 더 낮출 수 있는지 연구한다.

퇴사 후 입원과 퇴원을 반복하던 어느 날, 나는 과자 한 봉지를 다 먹는 용기를 발휘했다. 놀랍게도 그다음 날 양쪽 턱에서 묵직한 근육통이 느껴졌다. 그만큼 씹는 근육을 사용하지 않았던 것이다. 당연히 역류성 식도염과 위염을 달고 살고, 음식을 조금만 먹어도 속이 더부룩함을 느낀다. 심리적인 이유도 있겠지만, 신체적으로도 위의 기능이 점차 약화되어 왔다. 나트륨을 극단적으로 제한하기 때문에 쉽게 부종이 오는데, 이 또한 살로 느껴져 혼자 몹시 괴로워하고 또다시 가혹한 단식에 돌입하는 악순환이 반복되었다.

많은 거식증 환자들이 말하는 것처럼 지방이 없는 몸은 추위를 심하게 탄다. 옷을 껴입고 또 껴입어도 손과 발이 따뜻해지지 않는다. 손난로를 박스로 사서 몇 개씩 가지고 다니면서도 덜덜 떤다. 껴입은 옷이 너무 무거워서 크게 움직이지 않아도 운동이 될 정도이며, 36킬로그램일 때는 덮고 자는 이불도 무겁게 느껴지곤 했다.

앙상하게 뼈만 남은 몸은 어디에 앉거나 눕는 것도

불편하게 만든다. 앉으면 엉치뼈가 피부를 누르고, 똑바로 누우면 꼬리뼈가, 옆으로 돌아누우면 갈비뼈가 나를 공격했다. 어떤 자세를 해도 뼈에 눌려 고통스러우니 사랑하는 사람에게 안기지도 못했다. 생리가 멈췄고, 호르몬이 돌지 않으니 성욕도 잃었다.

머리카락이 얇아지며 탈모가 왔고, 다리에 힘이 풀려 매일 넘어지기 일쑤였다. 손가락을 목구멍에 넣어 음식을 제거하는 행동 때문에 손에는 굳은살이 가득했다.

이런 신체적인 고통 외에 사회적 기능 역시 회복할 수 없다고 느낄 만큼 망가졌다. 사람들은 직장에서나, 친구나 지인을 만날 때나, 영업이나 대접을 할 때에도 함께 어울려 식사를 한다. 애인을 만나서 주로 하는 것도 밥 먹는 일이고, 여행을 가서도 먹는 것에 큰 가치를 둔다. 그러나 나는 카페와 술집 외에 사람을 만날 수 있는 곳이 없다. 데이트를 해도 식당에 갈 수 없다. 누군가와 함께 여행도 갈 수 없다. 이런 나에 대해 매번 변명하고 설명할 수 없기에 새로운 관계를 맺기가 어렵다. 대학원 시절 지도 교수님께서 교수직에서 물러나시던 날, 내게 두 손 두 발 다 들었다는 것처럼 말씀하셨다.

"자네는 식사를 안 하니까 굳이 식사 자리를 갖지 않아도 되겠지?"

지인을 커피숍에서 만나면 2~3시간 안에 헤어져야 한다. 시간이 더 흐르면 상대는 식사를 해야 하니까. 더 긴 시간을 함께해야 할 때에는 술을 파는 식당에 간다. 상대는 밥을 먹고 나는 맥주를 마신다. 그러나 이 방법도 매번 반복할 수는 없다. 직장 동료들은 단 한 번도 내가 밥 먹는 걸 본 적이 없었다. 결국 정신병자로 몰리고(사실이니 몰렸다고 할 수도 없다), 직장에 다닐 자격을 논할 수밖에 없었다.

심리적으로는 또 어떻겠는가. 나는 내 외모에 절대로 만족하지 못한다. 늘 불안하고 불만족스럽다. 예전에는 43킬로그램이면 '됐어. 이 정도면 그래도 말랐어'라고 생각했지만, 36킬로그램을 경험하고 나니 40킬로그램의 몸도 뚱뚱해 보였다. 체중계를 모두 갖다 버린 것은 하루에도 수십 번씩 몸무게를 확인하고 좌절하기 때문이었다.

몸도 마음도 깊이깊이 병들어 간다. 섭식장애를 앓은 지 수 년, 주위에 대대적으로 밝힌 지 서너 달 만에 사람들이 지쳐서 떠났다. 달라지고 싶다. 건강해지고 싶다. 머리로는 알겠는데, 마음 깊은 곳에서는 살찌는 게 실패인 것

처럼 느껴진다. 먹지 않아 생기는 문제라는 걸 알겠는데
먹으면 세상이 끝날 것 같다. 나도 나에게 지쳐 간다.

왜 하필 이런 병에 걸려서

영양 불균형은 물론 전해질 이상 등의 문제로 거식증 사망률이 10퍼센트를 넘는다. 거식증 환자 열에 하나는 죽는다는 뜻이다. 인체는 외부에서 영양분이 공급되지 않으면 전신의 근육에서 에너지를 끌어다 쓴다. 그렇게 신체 모든 기관에서 에너지를 충당하다가 마지막으로 도움을 구하는 곳이 심장 근육이다. 그래서 거식증 환자에게는 심장판막증, 부정맥, 심장마비가 올 수 있다. 체내 리듬이 깨져 심근증이나 심부전이 생길 수도 있고, 반복적인 구토로 인해 전해질 농도에 이상이 생겨 사망하는 비율도 높다. 식도에 난 상처로 침투한 세균이 뇌까지 퍼져 사망한 사례도 있었다.

거식증은 우울증이나 강박증을 동반하는 경우가 많고, 이런 여러 정신 질환을 함께 앓으며 자살로 이어지기도 한다. 사망한 거식증 환자 5명 중 1명이 자살일 정도로 그 비율 또한 절대 낮지 않다.

마냥 방치하면 죽음에 이르게 되는 위험한 정신 질환이 바로 거식증이다. 그러니 환자 본인이나 환자를 곁에 둔 사람이나 이토록 위험한 질환에 대해 걱정하지 않을 수 없다. 다른 것도 아닌 밥을 먹지 못하는 병, 인간으로서 가장 기본적인 욕구이자 생존에 필수적인 식사를 거부하는 일. 그걸 지켜보는 환자의 부모는 얼마나 가슴이 아프겠는가. 심지어 청소년기에 거식증을 앓게 되면 뼈의 질량이 25~50퍼센트나 줄어든다고 한다. 나만 하더라도 자주 넘어져 멍이 들고, 한번은 오른쪽 다리가 마비되어 한동안 제대로 걷지 못했다.

무월경과 골절, 골다공증, 면역력 저하로 인한 수많은 합병증을 걱정하며 매일 시들어 가는 환자를 지켜보는 것이 결코 쉽지 않다는 걸 안다. 밥 먹는 게 뭐 그리 어려운 일이냐며 답답해한다는 것도 안다. 긴 병마에 가족도 지쳐서 등을 돌리는데 주변 지인들이 그보다 쉽게 지쳐서 멀어지는 건 당연할지도 모른다.

그렇지만 그 누구보다도 가장 힘든 건 환자 본인이 아닐까. 본인이 가장 답답하고 절망하고 자괴하지 않을까. 주변 사람들이 나를 걱정하고 아끼는 마음, 돕고 싶어

하는 마음을 충분히 이해하지만, 그럼에도 그들의 말이 나에게 상처가 되는 순간들이 있다. 거식증 환자로서 서러웠던 순간과 상처받았던 말들에 대해 이야기해 보려 한다.

"고픈 것은 내 배다."

사람들은 내게 밥을 먹으라고 한다. 대체 왜 그걸 먹지 못하느냐고 답답해한다. 그런데 정말, 정말, 진심으로 나도 밥을 먹고 싶다. 내가 가장 먹고 싶다. 하루 종일 생각하고 꿈도 꾼다. 구수한 된장찌개에 흰 쌀밥을, 포슬포슬하게 말린 계란말이를, 초등학생 때 먹던 문방구 떡볶이를, 양념 치킨을, 비 오는 날의 수제비와 뼈 해장국을, 간장 계란밥을, 통팥이 든 찹쌀떡을, 딸기가 올라간 케이크를 매일 생각한다. 먹고 싶고 그리워서 밤낮으로 상상하고 먹방과 사진을 찾아보지만 정작 내 눈앞에 음식이 차려지면 뻣뻣하게 굳어 버린다. 음식을 앞에 두고 울어 버릴 정도로 미칠 것만 같은데 먹을 수가 없다. 정말 내가 제일 답답하다.

한때 거식증 치료를 위해 입원했다가 퇴원한 후에 이 병을 이겨내기 위해 처음 세운 계획은 사람들을 만나 함께 있는 거였다. 공허감은 강박 행동을 부추기는 가장 좋은 먹이이므로, 누군가와 함께 있음으로써 외로움을 차단하고 식사 자리에 억지로라도 노출되려고 했다. 내가 당장 같이 먹지 못한다 해도 누군가가 계속 나와 식사해 주길 바랐다.

한 친구가 도와주겠다고 했다. 스스로 밥을 챙겨 먹는 걸 귀찮아해서 식습관이 불규칙하고 하루 한 끼 정도만 먹던 친구였다. 평일에는 식사 시간마다 그 친구와 연락을 주고받으며 서로의 끼니를 챙겼다. 나와 연락한 덕분에 그 친구는 하루에 두 끼를 챙겨 먹게 되었고 때때로 세 끼를 다 먹는 날도 생겼다. 주말이나 공휴일에는 직접 만나서 함께 시간을 보냈는데, 내가 먹지 않더라도 나와 있을 때는 꼭 식사를 챙겼으면 좋겠다고 부탁했다.

어느 주말, 친구는 나 때문에 억지로 먹는다고 생색을 내며 푸드 코트에서 오므라이스를 시켰다. 음식이 나오자 "다 먹지 않아도 되지?"라고 말한 뒤 숟가락을 들었다. 그 모습을 보는 나는 괜스레 비참해졌다.

가족도 아닌 친구가 날 돕겠다고 이렇게 곁에 있어 주는데 내가 뭐하는 짓인가. 함께 먹지도 못하면서 이런 사람 많은 곳에서 혼자 밥을 먹게 하는 것이 친구 입장에서는 부담스러운 일일 수도 있다. 나를 만나기 전에 먹고 나왔다는 빵 때문에 점심시간이 지났어도 배가 고프지 않을지도 모른다. 그렇지만 먹어 주기로 약속했잖아. 내가 과한 걸 요구하는 건가.

수많은 생각으로 혼란스러운 와중에 그날 하루 종일 아무것도 먹지 않은 내 배는 연신 꼬르륵 소리를 내뿜었다. 배고픈데, 나도 배가 고픈데, 나도 먹고 싶은데, 안 되는 건데, 서러웠다. 다 못 먹을 것 같다던 친구는 쌀 한 톨 남기지 않고 오므라이스를 다 먹었다. 깨끗하게 비워진 그릇을 보니 왈칵 눈물이 났다.

그 뒤로 시험공부를 하는 지인과 도서관에 다녔다. 지인은 주로 집에서 공부하는 사람이었지만 나를 위해 도서관에 나왔다. 함께 있어 주면 내가 꼭 밥을 먹어 보겠다고, 도와달라고 했다. 하지만 나는 번번이 실패했고, 제대로 시도조차 못하는 나에게 지인은 화를 냈다. 그는 먹지 못하는 나와 도서관 식당에 가는 건 그나마 괜찮지만 일반 식당에 가는 건 싫다고 했다. 나와 식당에 가는 것 자체가 힘든 일이라고.

"먹는 게 참 그렇게 쉽게 안 되는 건가 봐?"

많은 사람들에게서 들었던 말이다. 서로 믿고 의지하던 또 다른 친구 역시 그렇게 말했다. 친구니까, 나는 왜 그런지 설명했다. 이해받고 싶은 마음도 컸다. 전문 지식을 동원해 가며 변명했지만 친구에게서 돌아온 말은 이거였다.

"그렇게 잘 알면서 안 먹으니 더 화가 나."

이럴 수가. 알면서도 어찌할 수 없어서 가장 미치겠는 건 나란 말이다. 먹고 싶은 것도 나, 먹지 못하는 것도 나, 몸이 아픈 것도 나인데, 그런 나를 보며 화내는 친구들에게 서운함을 느낀다. 날 위해 화를 내 주는 친구가 좋은 친구라는 걸 알고 그 마음이 고마운데도, 속상하고 화가 나는 것 역시 어쩔 수 없다.

거식증과 거식증에 걸린 내 몸 자체를 비하하는 말도 수없이 들었다.

"너는 하필이면 왜 그런 병에 걸려서."
"술을 마셔야만 밥을 먹을 수 있다니 이상해."

"너랑 같이 다니면 쪽팔려. 너무 말라서."

"개미가 부츠를 신고 있는 것 같아."

한번은 5년 정도 알고 지내던 남자가 내게 결혼을 제
안했다. 자신과 함께 살며 마음의 안정을 느끼면 분명 밥
도 먹게 되고 좋아질 거라고 말했다. 나 역시 누구라도 내
곁에 있어 주며 함께 식사할 수 있다면 좋겠다고 생각했기
에 그의 말에 잠시 흔들렸다. 그러나 나는 그 제안을 거절
했다. 5년간 한 번도 그 사람을 남자로 느낀 적이 없었기
때문이다. 나만 건강해지면 된다던 그는 돌변해서 내게 화
를 냈다.

"가진 것도 가족도 없으면서, 데리고 살아 준다고 할 때
고마워해야지. 네까짓 게 뭐라고 튕기는 거야. 거식증에 우
울증에 수면장애를 가진 네가."

내가 거식증인 걸 아는 지인들은 내 마른 몸을 보고 안
쓰러워하며 손목을 잡아 보기도 하고 따뜻하게 포옹해 주
기도 한다. 많이 먹으라고, 뭘 먹을 수 있냐고 물어봐 주고,
살쪄도 괜찮다고, 지금은 너무 마른 거라고 격려해 준다.

참 고맙다. 그러나 동시에 그들은 이런 말도 한다.

"너를 보면 내 다이어트에 도움이 돼."
"너랑 다니니 나까지 먹는 양이 줄어서 참 좋다."
"내 살이 다 너한테 가면 좋겠다."

이렇게 서로 다른 종류의 말을 같은 사람에게서 듣는 기분은 참 아이러니하다. 그들은 내가 너무 말랐다고 하면서 나처럼 마르길 희망한다. 그들이 내 앞에서 식사해 주길 기대하는 것은 무리한 일이지만, 내 거식 행위가 그들의 다이어트에 이용되는 것은 아무렇지 않게 느껴진다. 내 몸이 부럽다고 하니 역시 살이 찌면 안 되는 거구나 싶어 곤혹스럽고, 나는 이토록 고통스럽게 체중을 감량하고 유지하는데, 노력 없이 내 몸을 갖고 싶어 한다는 사실에 화가 난다. 내가 절제해 온 음식들을 다 먹어서 찌운 그들의 살이 거식증의 괴로움을 감내하며 사는 내게 덜컥 붙었으면 좋겠다는 무책임한 말에도 분노를 느낀다.

세상의 모순에도 상처받기 부지기수다. 대학원에 다니던 시절에 아는 분으로부터 중매가 들어왔는데 받아 보지 않겠냐는 제안을 받았다. 그분은 남자가 꽤 괜찮은 연봉에 아파트를 소유하고 있는데, 여자가 들어와 같이 살기만 하면 좋겠다는 입장이라며 나를 설득했다. 그런 조건이라면 소개받고 싶어 하는 여자들이 많을 것 같은데 어쩌다 나한테까지 제안하시는지 물어보려 했더니, 대신 남자가 아이를 빨리 갖길 원하는 것 같다고 쭈뼛거리며 말했다. 나는 차마 생리를 안 한다고 말할 수 없어서, 가진 것 없는 나를 소개하면 좋은 소리 못 들으신다고 얼버무렸다. 그제야 그 분은 남자가 깡마른 여자만 찾는다고 덧붙였다.

취미 모임에서 알게 된 한 남자는 키가 172센티미터에 몸무게가 90킬로그램을 넘었다. 그는 모임에서 만날 때마다 어려서 과체중 때문에 고통받았던 이야기를 들려주곤 했다. 그러면서 나처럼 마른 여자가 이상형이라고 했다. 평균 몸무게이거나 날씬한 여자도 싫고, 무조건 마른 여자가 좋다고. 자신은 여전히 거구이면서 말이다. 나는 덩치가 좋은 사람에게 남성적인 매력을 느끼지만, 그건 어떤 상황에서나 나를 지켜 줄 수 있을 것 같은 강인함을 느끼기 때문이지 살에 대한 꼬인 마음 때문은 아니다.

"표현되지 않은 감정은
결코 죽지 않는다.
산 채로 묻혀서 언젠가 더욱
흉측한 모습으로 나타날 것이다."

_지그문트 프로이트

오
어쩌다 여기까지
왔느냐고요

불행의 이유는 제각각이라지만

섭식장애가 발병하는 원인에 대해서는 여러 가지 견해가 있다. 전문가들은 크게 생물학적 원인과 사회·문화적 원인을 이야기하는데, 유전이나 신경전달물질의 변화 같은 생물학적 원인이 뚜렷하게 밝혀진 것은 아니다. 신경증에 취약한 개인의 성향이 불안정하거나 억압적인 양육 환경, 외모를 중시하는 사회 분위기 등과 맞물렸을 때 발병하는 비율이 높다고 한다. 이 병을 겪고 있고, 겪는 사람들을 봐 온 나도 그렇게 생각한다. 생물학적 소인보다는 심리적, 사회·문화적 원인이 더 크다고 말이다.

음식 소비량은 나날이 늘어나는데 이상적인 신체상은 점점 말라 간다. 여성의 섭식장애 발병률이 남성과 비교할 수 없을 만큼 높은 것만 봐도 사회·문화적 요인이 이 병에 지대한 역할을 한다는 걸 알 수 있다. 사람들은 여성의 외모에 남성보다 훨씬 큰 기대치를 부여하면서, 남성의 뱃살에는 상대적으로 관대하다. 비만도를 나타내는 체질량지수가 남성은 지난 40년 동안 꾸준히 증가한 반면, 여성은 거의 비슷한 수준으로 유지됐다고 한다.* 여자들은 과연 살이 안 찌는 걸까 못 찌는 걸까.

섭식장애 환자는 '살찌는 것'을 엄청난 죄이자 실패로 본다. 나 역시 그렇다. 자신의 체중에도 민감하지만 타인의 '살'에도 부정적인 시선을 갖는다. 내가 듣고 겪어 기억에 남는 말들을 열거하자면 끝이 없다.

> (과자를 먹으며 걸어가는 여자를 보며) "저렇게 먹어대니 살이 찌지. 길거리에서 저렇게 먹고 싶을까."
>
> "더러운 비곗덩어리들이 두 발로 걸어가네."
>
> "돼지 같은 것들한테서 나는 냄새 때문에 숨이 막혀."
>
> "보고 싶지 않은 뚱뚱한 년의 속옷을 봐 버렸어. 바지를 입고 다닐 것이지. 내 눈이 썩을 것 같아."
>
> "요즘 연예인 ○○○ 봤어? 살찐 것 같더라. 걔는 원래 뼈가 좀 굵은 타입이지."
>
> "너 뱃살 있네?"

---

* 국가기술표준원, 〈제8차 한국인 인체지수 조사사업〉, 2021.

날씬함을 추구하는 사회 분위기가 싫으면서도 자신을 그 틀에 열심히 구겨 넣고, 그로 인한 막대한 스트레스와 불만과 분노를 그대로 남들에게 표출하는 모습이다. 주로 심한 저체중은 아니지만 살에 대한 강박을 지닌 사람들이 이런 비난을 쏟아 낸다. 고도의 저체중이거나 만성화된 거식증 환자들은 더 이상 그런 분노를 표출할 힘조차 남아 있지 않다.

심리적인 원인은 외적 가치가 높이 평가되는 양육 환경이나 외모로 인한 따돌림의 기억, 엄마와의 뿌리 깊은 갈등, 완벽주의자 부모의 과도한 통제, 성性에 관련된 트라우마, 성장과 성숙에 대한 거부 등 다양하다.

앞에서 언급한 적 있는 A는 엄마와의 갈등이 깊었다. A의 부모는 이혼한 지 오래였고, 엄마는 새로운 연애를 하고 있었다. 내가 만난 A의 엄마는 젊고 아름다웠다. 언제나 단정하게 손질된 머리를 하고, 잘 다려진 옷과 적당한 높이의 구두를 신고 있었다. 사회적으로 성공하고, 성품까지 인정받는 사람이었다.

그런 엄마에게 단 한 가지 문제가 있다면 그건 바로 딸인 A였다. 엄마가 만나는 남자와 갈등이 생기거나 스트레스 상황에 처할 때 그 모든 화살은 A에게 돌아갔다. A는 거식증 말고도 심각한 우울증과 공황장애를 앓고 있었고 자해를 하기도 했는데, 그런 '정신병이 가득한' 존재가 자기 딸이라는 것, 완벽에 가까운 자신에게 유일한 흠이자 약점이 A라는 사실이 아이러니하게도 A의 엄마에게는 오아시스와 같았다. 쉽게 말하자면 변명거리가 생긴 것이다. 자신의 실수나 어리석음과 맞닥뜨릴 때, 혹은 쉬고 싶은 순간에 엄마는 A를 이용했다. 직장에서 스트레스를 받으면 애인에게 달려가 A의 상태를 읊으며 울었고, 다른 지인들 앞에서도 A를 이유로 동정받기 일쑤였다. 자신이 느끼는 모든 고통과 슬픔이 A로 인한 것인 양 피해자를 자처했다.

그러나 A야말로 이혼과 삶의 스트레스에 치인 엄마 옆에서 그 짐을 고스란히 떠안은 피해자가 아닐까? 애초에 A는 어떤 이유로 그렇게 아프게 된 걸까? 어쩌면 자신의 존재를 느끼며 서 있을 곳을 만들기 위해 '환자 역할'을 맡아야만 했는지도 모른다. 아무도 겉으로 인정하거나 입 밖에 내지는 않았지만, 설사 자각조차 못했다 해도, 어느 순간부터 거식증은 A의 가족에게 '필요한 것'이 되었다. A가 겪는 병의 근본적인 원인이 무엇이었든 간에 이제는 낫고 싶어도 나으면 안 되는, 가족의 필수 요소가 되어 버린 거다.

취미 모임에 나가서 알게 된 E라는 여자아이가 있었다. 나이는 20대 초반이었지만 몸은 미처 다 성장하지 않은 10대 같았다. 얼굴과 몸, 순수한 마음까지도 어린아이를 닮아서 여자보다는 소녀라는 표현이 더 어울렸다.

열 살 때 처음 아버지 얼굴을 알게 되었을 정도로 E의 양육 환경은 안정적이지 않았다. 부모는 오랫동안 별거하다가 뒤늦게 이혼했고, E는 계속 엄마와 살아왔다. 그 사이 엄마의 새로운 애인들과도 함께 살았다. 당연하다는 말이 우습지만, E와 엄마, 그리고 엄마의 애인들과의 관계에는 당연히 갈등과 어려움이 많았다.

E 역시 심한 저체중이었고, 한 끼로 차려진 밥을 2~3시간에 걸쳐 겨우 3분의 1정도만 깨작거리곤 했다. 그게 E의 하루 총 식사량이었다. E는 집에 들어가는 것을 싫어해 툭하면 외박을 했고, 엄마를 이해하면서도 거부했다. 뼈밖에 없는 몸, 거르는 끼니들, 잦은 외박, 이 모든 것들이 E를 아끼는 이들에게는 화가 날 만큼 걱정스러운 일이었다. 특히나 E의 엄마에게는 더 그러했을 것이다. E는 수동 공격*적으로 엄마를 미워했다. 자신에게 소중한 엄마를 대놓고 공

격할 수는 없으니 자기 몸을 학대하는 방식으로 괴롭혔던 것이다. 밥을 거부함으로써 엄마를 마음 아프게 하고 눈물 흘리게 했다. 당신 때문에 자신이 이토록 외롭고 고통스럽다고 소리 없이 외쳐 왔다. 마르고 병약해지자 자기 나이에 요구되는 사회적 과제들을 면피할 수 있었고, 사람들로부터 애정 어린 걱정과 챙김을 받게 되니, 이 또한 E에게 없어선 안 될 거식증의 2차적 이득이었다.

E는 엄마에게서 독립하고 싶은 마음과 여전히 엄마의 어린 딸로 보살핌 받고 싶은 양가적인 마음 사이에서 혼란스러워했다. 열네 살이라고 해도 어색하지 않을, 덜 자란 듯한 E의 몸이 엄마를 원하는 동시에 밀어내려는 E의 마음을 대변하는 듯했다.

K는 극도로 신경질적인 사람이었다. 성격도 예민하고 감각 또한 예민했다. 세상 모든 것이 K를 위협하기라도 하는 것처럼 언제나 초비상 상태였다. K는 버스에서 내려 목적지로 가는 걸음 수를 세곤 했다. 혹시나 눈이 멀었을

---

* 수동 공격은 타인에 대한 부정적인 감정을 직접적으로 표현하지 못하고 수동적, 소극적인 방법으로 드러내는 것을 말한다.

때를 대비한 행동이었다. 민법과 세법을 꿰고 있었는데, 이는 자신이 손해를 보거나 부당한 대우를 받지 않기 위해서였다. 의미를 부여한 색색의 펜들로 흐트러짐 없이 필기를 했으며, 언제나 자를 대고 줄을 그었다. K가 지닌 책과 휴대폰, 각종 전자 기기들은 시간이 얼마나 지나든 늘 전부 새것 같았다. 자기 관리도 그만큼 철저해서 자신이 정해 놓은 룰을 어기는 법이 없었다. 그래서 K는 남들이 보기에 이룬 것이 많았다.

하지만 K의 까다로운 성격과 지나치게 높은 삶의 기준들 때문에 주변 사람들은 그를 어려워하곤 했다. K가 남들에게도 그렇게 무리한 기준을 강요하니 견뎌 내는 사람이 있을 리 없었다. K의 말은 옳았지만 K가 제안하는 기준에 도달하는 길은 험난해 보였다. 목표한 지점에 올라서기까지 가혹한 채찍질을 반복했고, 과정보다는 결과와 성과물로 판단했다. 성공하지 못하면 실패, 칭찬보다는 채찍, 그것이 K의 세상이었다.

K의 이런 완벽주의와 강박적인 행동들은 아버지에게서 물려받은 것이었다. 일찍이 상경해 자수성가한 아버지가 장남인 K에게 보여 준 모습과 기대를 K는 고스란히 자기 것으로 받아들였다. 웬만한 어른도 견디기 힘든 높은

기준들이 어린아이에게 일상적으로 강요된다면 어땠겠는가? 하나의 목표를 달성하면 또다시 새로운 과제가 주어지고, 모진 채찍질 속에서 매번 자신의 한계를 뛰어넘어야 한다면? 혹여 실패할 경우 존재 자체를 부정당할 정도로 심리적 압박을 받는다면? K의 아버지는 유독 자신을 닮은 어린 K를 그런 방식으로 사랑했다. 성인이 된 K가 자기 자신에게 그러하듯 말이다.

　　K는 아버지의 기대를 버거워하면서도 어떻게든 거기에 부응하려 하는 착한 아들이었다. 그러다 열여섯 살 때, 노력해도 성적이 오르지 않고 유지하기도 힘에 부쳤다. 공부 외에 만화와 소설에 관심이 갔고, 한번 떨어진 성적은 회복되지 않았다. 결국 특목고가 아닌 일반 고등학교에 진학했다. 그때부터 K는 자신과 다르게 큰 부담감 없이 이쁨만 받는 동생이 부럽고 미워졌다. 평소에도 무뚝뚝하던 아버지의 성품은 K의 특목고 진학이 좌절된 후로 더 냉랭하게 느껴졌다. 그렇게 K는 밥을 먹지 못하게 되었다. 키가 183센티미터인 고등학생의 몸무게가 50킬로그램대까지 줄었다. 외모에 남다른 센스를 발휘하시던 어머니의 영향과 맞물리면서, K가 자기 마음을 방어하며 살아가기 위해 선택한 것이 바로 거식증이었다.

무력감을 이기는 거식의 기쁨

그렇다면 나는 어떤 이유로 여기까지 오게 된 걸까. 앞서 말한 세 사람의 사례는 물론이고 나 역시 하나의 이유로 모든 것이 설명되지는 않는다. 생물학적 요인, 신경증에 취약한 성향, 외모에 대한 가치 기준, 사랑에 대한 갈구, 존재감을 느끼기 위한 잘못된 선택, 자기 파괴 행위 같은 여러 가지가 맞물려 있다.

우선 나는 외로움을 많이 타는 사람이다. 피곤해도 사람들과 약속을 잡았고, 혼자 있는 시간을 최소한으로 줄였으며, 술도 외로움을 달래다 보니 늘게 되었다. 20대 초반에 "여자에게 외모란 권력"이란 말에 격하게 공감했다. 예쁘면 혼자 있지 않을 수 있었다. 공허한 내 마음은 한두 명과의 관계로는 채워지지 않았고, 여러 사람을 만나다 보니 그 관계의 깊이가 얕을 수밖에 없었다. 진솔함이 부족한 관계에서 상대가 내게 원하고 기대하는 것 역시 표면적인 것에 머물렀다. 결국 많은 만남을 가져도 마음의 갈증은 채워지지 않았고, 외로워서 사람을 만나지만 만날수록 더 외로워지는 악순환이 반복되었다. 그들이 더 자주 나를 찾고, 더 깊이 좋아해 주길 바랐고, 이런 갈망은 비뚤어진 방향으로 나아가 외모에 집착하게 만들었다.

처음 식욕을 절제하기로 했을 때는 의도적으로 우울해지려고 노력했다. 즐거운 일보다 고된 일이 더 많은 인생이어서 그런지 그게 가장 쉬웠다. 그러다 보니 먹는 행위 자체를 부정적으로 바라보게 되었다. 사람들이 먹는 모습을 바로 앞에서 지켜봐도 배가 고프기보단 '엄청 잘 먹네. 그렇게 맛있나?'라는 냉소적인 생각이 들었다.

그렇게 10년 넘게 지내니, 사람이 밥을 먹는 것 자체가 신기한 일이 되었다. '어떻게 저렇게 먹지? 저걸 어떻게 다 소화시키지? 먹는 게 그렇게 큰 기쁨인 건가.' 자고 일어나 또다시 끼니를 챙기는 것이 신기하고, 음식 앞에서 열광하는 모습이 신기하고, 1인분의 밥을 다 먹는 사람들이 신기해져 버렸다.

"인간은 외부에서 영양소를 섭취하지 않으면 스스로 에너지를 만들 수 없죠. 기름 없이 차가 굴러가지 않듯이요."

새삼 놀라울 것 없는 이 말을 듣고 무슨 깨달음이라도 얻은 것처럼 '아, 그렇구나' 하고 탄식했다. 인간이라면 지극히 당연한 먹는 일이 내게는 당연하지 않았다. 이것이 다년간 스스로를 세뇌시킨 결과였다.

나는 또한 무력감에 잠식당한 사람이다. 어린아이였을 때 신체적 학대를 꽤나 오래 받았다. 사람이 맞고 또 맞다 보면 반항하거나, 살려고 도망치거나, 비명을 지르며 우는 일 따위도 하지 않게 된다. 내가 주로 맞았던 장소는 세로로 긴 지하실이었다. 그곳을 재빨리 달려서 문에 도달해 봤자 네 개나 되는 잠금장치를 다 열 수가 없었다. 등 뒤로 여유 있는 걸음 소리가 들리고, 나는 다시 지하실 가장 안쪽으로 질질 끌려갔다. 영겁 같은 학대의 시간이 끝나고 피떡이 되어 실려 나올 때마다 날 바라보던 사람들의 눈빛이 사진처럼 내 마음에 남아 있다. 절대 도망갈 수 없고, 힘으로 대적할 수 없으며, 아무도 날 도와주지 않는다는 무력감과 함께.

건장한 성인 남성에게 학대받은 기억은 살면서 내가 어쩌지 못하는 위협과 고통의 순간이 닥칠 때마다 나를 얼어붙게 만들었고, 도움을 요청한다는 개념을 상실하게 만들었다. 억울한 누명, 권위자의 부당한 명령, 친구들의 이간질, 가난, 육체적 고통 앞에서 나는 늘 먼저 포기하고 당하기만 한 채 나를 돌보지 못했다.

이렇게 무력감이 팽배한 나에게 두 가지 기쁨이 있었으니, 바로 공부와 거식 행위였다. 공부는 내가 한 만큼 내게 돌아왔다. 내가 투자한 시간과 노력만큼, 딱 그만큼의 결실이 되어 돌아왔다. 손해 보거나 당하거나 억울할 일이 없었다. 먹는 것 역시 그랬다. 먹지 않으면 그 효과가 바로 나타났고, 주변의 부러움과 관심까지 받을 수 있었다.

내 몸, 그리고 내가 섭취하는 것만큼은 어떤 외부의 압력이나 영향 없이 완벽하게 스스로 통제가 가능했다. 무엇 하나 내 맘대로 되지 않을 때, 어느 것도 내 힘으로 통제할 수 없는 상황에서, 음식을 통제하는 것은 가장 쉽고 빠르게 큰 성취감을 느낄 수 있는 일이었다. 나는 그렇게 거식증에 중독되었다.

대학을 졸업하고 대학원에 진학해 예술치료학 석사 학위와 청소년 상담사 자격을 취득한 뒤 어느 기관에 청소년 상담사로 취직했다. 그 과정이 결코 쉽거나 즐겁기만 한 건 아니었다. 내 뜻대로 되지 않는 일들이 넘쳐 났고,

졸업 논문을 쓸 때는 난독증을 겪을 정도로 스트레스가 심했다. 100대 1의 경쟁률을 뚫고 취업을 이뤄 낸 게 기쁘면서도, 내가 무리하고 있다는 느낌을 지울 수 없었다. '이건 아닌데'라는 말을 습관처럼 읊조렸다. 그렇다고 멈출 용기는 없었다. 어렵게 거기까지 갔고 무엇 하나 놓치고 싶지 않았다. 당시 내가 서 있던 곳은 열아홉 살의 내가 꿈꾸던 곳이었다.

'지금도 많이 늦었어. 평범하게 살아온 인생은 아니니까, 평균을 따라잡으려면 아직도 멀었지. 이게 얼마나 하고 싶던 일이야. 나는 꿈을 이룬 거라고. 이제야 제대로 돈을 벌게 되었으니 어서 내 집 장만도 해야지. 상처는 많고 가진 건 없는 사람이잖아, 나.'

이런 생각을 하며 버텨 나갔다. 자신을 학대하고 가혹하게 몰아붙였다. 브레이크가 고장 난 화물차처럼, 누군가 날 멈춰 주길 간절히 바랐다. 내 의지로 멈춰서 날 돌볼 수 없으니 차라리 몸이라도 망가져 쓰러졌으면 좋겠다고 생각했다. 그때부터 더 먹지 않았다. 2시간 거리를 걸어서 출퇴근하고 하루 종일 물만 마셨다. 환자가 되고 싶었다. 환자가 되어야만 했다.

나는 K처럼 강박적으로 자신을 통제하며 스트레스 상황으로부터 방어했다. A처럼 거식증 때문에 힘들어하면서도 거식증을 필요로 했고, 그래서 E처럼 2차적 이득에 중독되어 병을 이용하는 지경에 이르렀다. 퇴사하고 투병 생활을 이어나가던 시절에도 자신에게 온전히 미안하다는 생각을 하지 못했다. 마음이 너무 아파서 아직은 미안하다고 할 수조차 없었다. 스스로에게 가장 학대받았던 나를 마주할 용기가 없었기 때문이다.

지금 먹지 않으면 안 돼

열여섯 살 때부터 혼자 살기 시작했다. 어딘가에 얹혀살기도 하고 하우스 셰어나 기숙사 생활을 하기도 했는데, 어디서든 보호자나 울타리 없이 혼자이긴 마찬가지였다. 거처할 곳이 늘 있었던 것도 아니다. 영화 〈소공녀〉의 주인공처럼 지인들 집을 전전하기도 하고, 찜질방에서 지내거나, 학교에 숨어 살기도 했다. 다니던 고등학교에서 자다가 경비에게 걸린 후로는 대학병원 대합실이나 비교적 깨끗한 화장실 같은 곳에서 밤을 보냈다. 그마저도 구하지 못하면 노숙을 하곤 했다.

열악한 환경에서 지내다 보니 당연히 끼니를 해결하는 것도 어려운 일이었다. 푸드 코트의 식기 반납구에서 사람들이 남긴 음식을 챙기거나, 마트에서 빵과 과자를 훔쳐 먹었다. 일요일엔 교회에 나가 점심을 해결했고, 어쩌다 싸구려 식빵을 사면 하루에 한 장씩 곰팡이가 필 때까지 아껴 먹었다. 쌀이 먹고 싶어 햇반을 훔쳐도 전자레인지가 없으니 딱딱한 밥알을 씹어야 했다. 누텔라 초코 잼이 그렇게 유명한지도 모르던 때, 가장 작은 사이즈의 누텔라를 가방에 가지고 다니다가 너무너무 배가 고플 때 손가락으로 찍어 먹었다.

그 시절에 그나마 배부르게 음식을 먹을 수 있는 때가 있었다면 바로 술자리였다. 나는 속된 말로 노는 애들과 어울리며 술을 마시러 다녔다. 아이들은 누군가의 자취방이나 공터에 둘러앉아 술판을 벌이곤 했는데, 그곳에 가면 과자나 음료수는 물론이고 치킨이나 분식, 운이 좋으면 고기도 먹을 수 있었다. 배도 채울 수 있고 늦은 시간까지 친구들과 함께 있을 수 있으니 그런 자리를 마다할 이유가 없었다. 곧 일주일에 몇 번은 그런 자리에서 끼니를 해결하게 되었다.

앞서 밝힌 것처럼 어려서는 살이 찌려야 찔 수 없는 식습관을 가졌었다. '갈비'라고 불리던 시절에는 (아마도 우울한 정서 때문에) 먹는 것에 큰 욕심이 없었다. 그러나 10대 후반에 겪은 굶주림의 기억은 나에게 '식탐'을 선사했다. 간사하게도, 쉽게 먹을 수 있을 때에는 소중한 줄 몰랐던 음식을 먹지 못하게 된 후로는 애타게 열망하게 되었다. 나에게 음식이란 그 종류가 무엇이든, 때가 언제든, 눈앞에 보이면 일단 먹고 봐야 하는 것이 되었다. 그렇게 음식과 마주할 때마다 나는 속으로 외쳤다. '지금 먹어 두지 않으면 안 돼!'

이것이 내가 처음 살이 찐 이유다. 규칙적인 식습관이 무너진 자리를 간헐적인 폭식이 대신했고, 술자리에서 섭취하는 것들은 전부 고칼로리였다. 살이 찐 것 자체가 문제가 될 필요는 없었다. 예전보다 체중이 좀 늘어났을 뿐인지 비만은 아니었고, 보기 흉하게 살찐 것도 아니었다. 문제는 관심이었다.

"살이 오르니 좋아 보이네. 요즘 잘 지내나 봐."
"어떤 좋은 걸 먹고 다니면 그렇게 살이 찌니."
"잘 먹고 다니는구나. 네가 고생하며 지낼 거라고 생각했는데 걱정 안 해도 되겠구나."

나는 사람들의 관심을 원했다. 더 근본적으로는 누군가 나를 도와주길 바랐는지도 모른다. 그러나 살찐 겉모습은 내가 원하는 관심이나 애정과는 정반대의 것을 주었다. 그렇게 느껴졌다.

억울하게 살이 찌는 건 돈을 벌기 시작한 후로도 이어 졌다. 내가 10대였던 시절에는 지금보다도 아르바이트 환경이 좋지 않았다. 계약서를 쓰고 아르바이트를 했다는 사람은 없었고 최저임금이 지켜지는 곳도 손에 꼽아야 했다. 하물며 어리고 작은 체구의 여자아이가 일을 구하기란 매우 어려운 일이었다. 새벽에 신문 보급소에 찾아가 시켜만 달라고 사정해서 처음으로 일거리를 구할 수 있었다. 약 50일 동안 일을 하고 나서야 겨우 돈을 받을 수 있었는데, 사장은 내가 조금만 실수해도 돈을 주지 않겠다며 화를 내곤 했다. 행여 자다가 못 일어날까 봐, 야간 자율 학습을 마치고 곧장 신문을 돌리러 다녔는데도 고생한 사람처럼 살이 빠지진 않았다.

어렵게 야식집에서 일하게 됐을 때도 홀은 물론 주방 일까지 도맡아 열심히 했지만, 일을 그만뒀을 때 5킬로그램이 쪄 있었다. 편의점 아르바이트를 할 때 역시 폐기되는 인스턴트식품들을 밤새 먹고 낮에는 굶는 생활이 이어지니 살이 빠질 리 없었다. 쉬지 못해 몸이 붓고, 붓기는 곧 살이 되어 가라앉을 생각이 없었다. 낮에는 학교나 재수 학원을 다니느라 주로 야간에 일했고, 일하면서 먹는 것들과 내 돈으로 사 먹을 수 있는 것들은 영양보다는 그저 열량이 높은 음식들이었다. 잘 먹어서가 아니라 가난해서 살이 찐다는 것이 내게는 팩트였다.

그 시절에 겪은 많은 일들이 지금까지도 내게 영향을 미치고 있다. 그중 한 일화는 이러했다. 당시 나는 열일곱 살이었고, 그날은 대학병원 대합실에서 새벽 시간을 보내고 있었다. 내가 앉아 있던 곳은 1층 원무과 앞이었는데, 원무과 데스크에는 서류를 주고받을 수 있도록 창구멍이 나 있었다. 그 순간 원무과 사무실 안으로 들어가면 조금이나마 마음 편히 잘 수 있을 것 같다는 생각이 들었다.

내 작은 몸은 그 구멍을 쉽게 통과했다. 사무실 안은 대합실보다 따뜻하고 아늑했으며, 심지어 탕비실도 있었다. 나는 믹스 커피와 사탕을 챙기고 소파에 누워서 잠을 청했다. 두 다리 뻗고 자는 안락함이 어찌나 달콤했던지 아침 일찍 부지런한 직원이 출근할 때까지도 아직 소파에 있었다. 사무실 문이 열리는 소리에 놀라 재빨리 몸을 숨겼다가 틈을 봐서 도망갔지만 내 소지품을 챙겨 나오지는 못했다.

흔적을 남기고 왔으니 당분간 그쪽에는 얼씬도 하지 말았어야 했다. 두고 온 가방 안에는 누가 봐도 원무과 탕

비실에서 훔친 게 분명한 믹스 커피와 사탕이 들어 있었다. 그럼에도 그날 밤 나는 또다시 원무과를 찾아갔다. 탕비실 냉장고에 들어 있던 케이크가 먹고 싶어서였다. 사무실에 숨어들어 도둑질한 것을 들키는 두려움보다 전날 본 그 케이크가 사라졌을지 모른다는 걱정이 더 컸다. 냉장고를 열어 케이크의 존재를 확인하고 기뻐했던 마음이 지금도 생생하다. 나를 기다리고 있던 경비에게 곧바로 붙들리고 말았지만 말이다.

나는 그 순간을 몇 년 동안 반복해서 꿈으로 꿨다. 케이크를 본 내가 미소 지으면 뒤에서 나타난 경비가 날 붙들고, 결국 케이크는 한 입도 먹지 못하게 되는 장면을.

이 이야기를 몇 번이고 들은 지인은 만날 때마다 내게 케이크를 주문해 준다. 거식증에 시달려 하루 종일 굶고 탄수화물을 끊어 냈음에도 케이크를 거절하기란 쉽지 않았다. 나는 죄책감을 가지면서도 시간을 들여 먹었다. 케이크 한 판을 사다 줬을 때 앉은자리에서 그걸 전부 먹어 치운 적도 있었고, 술에 취해 직접 케이크를 사서는 집에 도착하자마자 손으로 퍼먹은 적도 있었다.

그렇게 보면 인간은 정말 다각적이고 쉽게 이해하기

어려운 생물이다. 음식에 한이 맺힐 정도로 식탐이 생겼으면서도 관심과 애정을 얻고 외로움을 달래기 위한 방편으로 음식을 거부하니 말이다.

2014년에 한국과 영국이 합동으로 거식증 치료제 연구를 했다. 그 연구에 참여했던 서울백병원 김율리 교수는 거식증 환자들에게 옥시토신을 투여했을 때 음식에 대한 불안과 집착 증세가 감소되는 결과가 나타났다고 발표했다.* 옥시토신은 흔히 사랑에 빠지면 우리 몸에서 분비되는 호르몬으로 알려져 있다.

독하게 단식하는 내가 지인이 사 주는 케이크를 토하지 않고 먹어 내는 것은 어쩌면 케이크에 맺힌 한 때문이 아니라 그의 진심 어린 마음을 느끼기 때문이 아닐까. 진짜 옥시토신이 분비되어서 말이다.

---

* 〈'사랑의 호르몬' 옥시토신, 거식증 환자 음식 거부반응 감소〉, 《메디컬투데이》, 2014. 3. 17.

내 것 같지 않은 내 몸

서른이 넘으면서야 겨우 깨닫기 시작한 것이 있다. 내가 나 자신을 제삼자처럼 대한다는 것. 오래전부터 주위 사람들로부터 '네 일인데 왜 남 일 말하듯 하느냐'라는 소리를 종종 들어 왔다. 주로 내 과거나 몸 상태에 관해 이야기할 때였다. 처음에는 '내가 정말 그런가? 에이, 어쩌다 말이 그렇게 나왔나 보지' 싶었다. 몇 해에 걸쳐 여러 번 지적받고 나서야 내 그런 태도를 인정하게 되었지만, 중요하게 생각하지는 않았고 그게 어떤 의미인지도 몰랐다. 막연히 내가 힘들어하는 일들을 똑바로 보지 않고 회피하려 하나 싶었을 뿐이다.

자신을 제삼자처럼 바라본다는 것은 타자화한다는 뜻이다. 나는 나를 나로 받아들이지 못하고 강 건너 불구경하듯 대해 왔다. 이런 태도가 일으키는 문제는 꽤 심각했다.

나는 전신에 수많은 흉터를 가지고 있다. 언젠가 내 몸의 피부를 봉합한 바늘 자국을 세어 본 적이 있는데, 이제는 명확하게 보이지 않는 그 실밥의 흔적들이 600개에 다다르고 있었다.

사람들은 작은 생채기만 나도 걱정하며 곧바로 치료하려고 한다. 성형외과나 피부과에 가기도 하고, 흉이 남지 않도록 치료 연고는 물론 재생 크림도 바른다. 나는 그와 반대였다. 필요한 치료를 제때 받아야 한다는 개념 자체가 없었고, 어떻게 돌봐야 하는지도 몰랐다. 무엇보다 이미 망가지고 더럽혀진 몸에 흉터 한두 개 더 생긴다고 해서 크게 달라질 게 없다고 생각했다. 오히려 마음이 아픈 것보다야 몸이 아픈 게 더 낫다고 생각했다. 진심으로 그렇게 믿었다.

7년 전, 종아리에 화상을 입은 적이 있었다. 연고를 바르기도 하고 나름대로 돌본다고 돌봤지만 상처가 쉽게 아물지 않았다. 여름의 높은 온도와 뜨거운 자외선으로부터 상처를 보호할 만큼 내 처치가 섬세하지는 못했다. 상처는 점점 곪아 갔고 썩는 냄새에 파리가 꼬일 정도였다. 자가 치료가 아니라 병원에 가야 마땅했지만, 나는 약을 바르는 것도 그만두었다. 더 적극적으로 치료해도 부족한 상황에서 치료를 포기한 것이다. '진물이 흘러 불편하니 나았으면 좋겠다'라는 생각과 '언젠간 낫겠지' 하는 안일한 태도가 다였다. 심지어 그렇게 상처가 곪은 상태로 강에서 수영을 하겠다고 나섰다. 뛰어 들어간 물속에서 결국 물고기들에게 상처를 물어뜯겼다. 썩은 냄새가 얼마나 지독했으면 물고기들이 내 살을 밥으로 알고 뜯어 먹었을까.

내가 이런 사람이 된 데에는 어려서 받은 신체적 학대가 큰 영향을 끼쳤을 것이다. 열 살의 나는 아프다고 비명을 지르는 일조차 포기할 만큼 무력감에 잠식당해 있었다. 몸을 웅크리거나 근육에 힘을 주기보다는 시체처럼 널브러진 채 맞는 편이 더 피해가 적고 빨리 끝난다고 생각했다. 어쩌면 도망칠 수 없는 현실 속에서 내가 할 수 있었던 최선의 방어가 감각을 상실하는 일이었을지도 모른다. 어려서 겪은 끔찍한 물리적 고통은 내가 느끼는 주관적인 통증에 대한 기준을 남들과 현저히 다르게 만들었다.

신체는 물론이고 정서적 감각에서도 나는 많은 것을 상실해 왔다. 지금껏 살아오면서 이런저런 역경을 곧잘 이겨 냈던 내게 지인들이 대단하다고 할 때면, "겨우 이 정도에 힘들어했다면 나는 진즉 죽었을 거야."라고 말하곤 했다.

2년 정도 옥탑방에서 지내며 각종 채소와 고양이를 키우고 소소하게 살던 때가 있었다. 여름이 되어, 비가 오거나 시원한 바람이 부는 저녁에 지인들과 맥주라도 한잔할 요량으로 옥상에 텐트를 펴 두었다. 그리고 그해 여름 어느 날, 내게 가장 중요한 지인인 W를 집으로 초대했다. 옥탑으로 이사한 뒤 W를 집에 부른 것은 처음이었다.

　　가파른 계단을 올라 옥상에 도착했을 때, W는 신음하듯 나를 부르며 무릎을 꿇고 말았다. 다리에 힘이 풀려 주저앉은 것이다. 내가 깜짝 놀라 바라본 W는 괜찮냐고 말을 건넬 수조차 없을 만큼 넋이 나간 표정이었다. 그날 W는 잠을 이루지 못하고 한숨을 쉬거나 훌쩍이며 밤을 지새웠다.

　　이야기를 들어 보니 W는 옥상에 펴 둔 텐트가 내가 사는 곳인 줄 알았단다. 당연히 그렇지 않다는 걸 곧바로 알았지만, 자신이 나를 텐트에서 살아갈 수도 있는 사람이라고 생각했다는 사실 때문에 괴로웠다고 한다. 내가 텐트에서 산다고 해도 전혀 어색하지 않은 사람인 것이 그토록 한탄스럽고 화날 만큼 걱정된다는 W가 그동안 내 옆에서 내가 사는 모습을 보며 얼마나 가슴 졸였을지 생각하니 고개를 들 수 없었다.

다음 날 아침, W는 참담한 말투로 이렇게 말하고 옥탑을 떠났다. "다른 평범한 사람들이 네가 하는 일들을 하지 않는 건 못해서가 아니라 안 하는 거야. 네가 힘든 상황을 이겨 내고 성취하는 건 마냥 칭찬받을 만한 일들이 아니야. 너는 가장 중요한 너 자신을 지키고 사랑하는 감각이 상실되어 있다고."

30센티미터나 되는 흉터를 사람들에게 자랑하듯 내보이며 살이 찢어지면 어떻게 되는지, 피부 아래에 어떤 것들이 있는지, 근육과 지방을 어떻게 봉합하는지, 소독할 때 왜 마취를 할 수 없는지 따위를 싱글벙글 웃으며 설명하곤 했었다. 지금의 나는 '그러면 안 되는 것'이라고 배워서 더 이상 그렇게 행동하지 않는다. 그렇다고 그런 행동이 왜 이상한지 마음으로 이해한 건 아니다. 단지 평범한 사람들에겐 그런 내 행동이 기괴하게 보인다는 걸 머리로 알게 되었을 뿐이다.

그나마 이만큼 발전하기까지 내게 마음을 주고 나를 아껴 주었던 W와 같은 분들의 고생이 컸다. 나는 그들을 애태우다 못해 분노케 했고, 때로는 절망하게 했다.

"네 몸은 네 것이야. 그렇게 느껴지지가 않아?"

"몸이 어딘가 불편하고 안 좋은 건 당연한 게 아니고 병원에 가라는 신호예요. 가만히 있을 때 몸에 불편함이 없어야 합니다."

"치료를 받는 건 너 자신을 위한 일이야. 내가 화내니까 병원에 안 가서 미안하다는 건 말이 안 되잖아."

이토록 답답한 내게 포기하지 않고 화를 내 주었던, 반복해서 이야기하며 나를 일깨워 주었던 분들에게 진심으로 감사하고 또 죄송하다.

자신을 타자화하는 태도는 내가 나를 존중하고 사랑하는 것을 어렵게 만들었다. 자존감이 낮은 사람은 자신보다 타인의 감정과 욕구에 먼저 집중하고, 타인의 기대에 부응하는 것을 삶의 목표로 삼기도 한다. 어려서는 부모의 칭찬에, 커서는 주변 사람들이나 세상의 잣대에 휘둘리며 그것들에 과하게 집착한다.

칭찬을 받는 것은 내가 잘하고 있다는 뜻이다. 좋은 평가를 받으면 내가 좋은 사람이라고 느껴졌고, 안 좋은 평가를 받으면 스스로를 비난했다. 내 감정과 욕구가 뭔지는 알지도 못하고 어떻게 채워야 하는지도 모르지만, 칭찬은 확실한 '보상'이 되어 내가 살아있음을 느끼게 해 주었다. 자신에게 칭찬받을 일은 전혀 하지 않은 채, 외부의 기준을 달성하는 것에만 급급한 사람으로 자란 것이다.

친구와 저녁 약속이 있던 날이었다. 친구는 오전에 감기 기운이 있다고 했었는데 저녁에 만나니 꽤나 멀쩡한 모습이었다. 오전 내내 '나는 감기 따위에 지지 않아. 금세 괜찮아질 거야!'라고 수십 번 되뇌며 최면을 걸고 약을 먹었더니 정말 감기 기운이 달아났다고 했다. 그 말을 듣고 적잖이 놀랐다. 나는 감기에 걸려도 대중교통을 뒤로하고 몇 시간씩 걸어 다니거나 술을 마시는 등 하지 않아도 될 일들까지 찾아서 하는 사람이었다. 방치를 넘어 자기 몸을 학대하곤 했던 내게는 감기에서 빨리 해방되어 건강을 되찾으려는 친구의 노력이 신기했다.

나는 감기가 더 심해지길, 더 오래 아프길 바라 왔다. 내가 아프면, 정말 많이 아프면 그래도 누군가 한 번은 날 돌아봐 주니까. '괜찮아?'라는 그 한마디를 한 번이라도 더 듣고 싶었다. 사랑받을 수만 있다면 살이 썩는 고통이 느껴지든 고열에 환청이 들리든 상관없다는 마음으로 살아왔다.

어렸을 때는 가난해서 살이 쪘음에도 사람들이 나를 건강히 잘 지내는 것으로 본다는 사실에 상처 받았다. 그럴 일이 전혀 아닌데도, 주위의 관심과 사랑을 잃었다며 불어난 살을 원망했다. 남들이 스치듯 던지는 의미 없는 말들조차 나에 대한 애정이라고 느끼며 절실히 필요로 했기 때문일 것이다. 그러니 그렇게 가혹하게 살을 뺄 수 있지 않았겠는가.

그러나 내 이런 행동의 결과는 미디어에서 보여 주는 비현실적인 미의 기준에 집착하는 병든 마음, 망가질 대로 망가진 몸, 그리고 스스로 아끼지 않아 남들에게도 천대받는 나를 마주해야 하는 현실뿐이었다.

희망만큼 절망했던 날들

　나는 내가 가난한지 몰랐다. 가난하다는 것보다, 그걸 나만 몰랐다는 사실이 나를 더 힘들게 했다. 가난은 어려서부터 내 몸과 마음에 깊이 밴 습관이 되었고, 그렇게 행동하고 그런 식으로 대접받는 게 당연한 줄 알았다. 음식 앞에서 다른 사람들의 눈치를 보는 일, 나를 위해 마련된 자리를 어색하고 불편하게 느끼는 모습, 나를 향한 배려 따위 있을 리 없다는 무의식적인 태도, 사랑받는 것에 낯선 모습, 그게 나였다. 그리고 청소년 상담사로 일하는 동안 내가 만난 아이들에게서 그런 나를 보아야 했다.

　내가 일하던 곳에는 분기마다 여행 프로그램이 있어서 아이들과 함께 여행을 가곤 했다. 매번 서로 다른 그룹의 아이들과 동행했는데, 그중 가정 형편이 어려운 아이들은 짐이 많지 않았다. 해외여행을 가는데도 그 흔한 캐리어도 없이 책가방 하나가 다였다. 어릴 때 나 역시 그랬다.

휘황찬란한 여행 가방들 사이에서 책가방을 메고 수학여행을 갔다. 등록금을 벌려고 해외에 갈 때에도 달랑 배낭을 메고 있었다.

여행지의 숙소에 도착하자 몇몇 아이들이 잠옷이라며 짧은 반바지를 꺼내 입었다. 달력은 11월 말을 가리키고 있었다. 그때도 나는 몰랐다. 지인에게 잠옷을 선물 받고 나서야, 나와 그 아이들이 다른 사람들과 달리 잠옷에까지 돈을 쓰지 않는 사람들이란 걸 알았다.

더 속상한 건 부모가 없는 아이들을 볼 때였다. 부모 없이 자란 아이들은 자기한테 아무 잘못이 없어도 쉽게 주눅이 들었다. 같은 학년인데도 가족이 있는 아이들에게 이유 없이 고개를 숙이고 자신들의 권리를 빠르게 포기하곤 했다.

보육원 아이들과 한부모 가정 아이들이 한데 섞여 여행을 간 날이었다. 가족이 없는 아이들은 저녁으로 고기나 푸짐한 밥을 먹고 싶다고 했었다. 그러나 가족이 있는 아이들이 가볍게 저녁을 먹고 노래방에 가고 싶다고 하자 나머지 아이들도 일제히 배가 고프지 않다고 했다. 더 놀라운 건 그 뒤였다. 여행지의 노래방 가격이 자기들이 알던 저렴한 노래방 가격과 크게 다르다는 걸 알자, 보육원 아이들은 노래방에 가는 걸 극구 거부했다. 돈을 그렇게 쓸수 없다며 차라리 그 돈으로 먹을 걸 더 사달라고 말했다. 결국 조별로 나뉘어 저녁 시간을 보내기로 했다. 보육원 아이들에게는 노래방에 가지 않고 큰 마트에서 먹고 싶은 것을 마음껏 고를 수 있게 했다. 그러나 노래방에 다녀온 아이들에게도 간식비는 주어졌다. 결국 가족이 있는 아이들은 저녁과 노래방과 간식을 모두 챙길 수 있었다. 보육원 아이들과 다르게 배부르다며 간식을 많이 고르지는 않았지만 말이다.

일을 마치고 집에 돌아가는 길에 울지 않은 날이 없었다. 먹지 않아 몸은 더 피곤했고, 아이들을 거울삼아 못난 나를 마주해야 했던 마음은 납덩이처럼 무거웠다. 회사에서 제공하는 차와 커피마저 눈치 보며 먹는 나였다. 빵을 먹어도 되냐고 묻는 아이들에게 "당연하지. 너희들 먹으라고 챙겨 놓은 거야. 마음껏 먹어"라고 말할 때마다 가슴이 찢어지곤 했다.

머물 곳이 없어 떠돌던 청소년 시절의 나 역시 주변의 도움을 받아야 했다. 끼니를 챙겨 주던 교회 사람들, 자장면을 사 주던 교생 선생님, 이용당하는 줄 알면서도 돈을 빌려줬던 사람들, 가슴에 남는 조언을 건넸던 어른들이 나를 키운 것이나 다름없었다. 그렇게 도움을 받기만 했던 나는 어느 날 나와 반대편에 서서 내게 도움을 주는 저 사람들처럼 되고 싶다고 생각했다. 저 사람들이 서 있는 세상으로 가고 싶다, 나도 그들과 나란히 서고 싶다는 소망이 나를 지켜 냈다. 그 꿈과 목표가 나를 십 년을 더 살게 했고, 마침내 위기 청소년들을 돕는 위치에 설 수 있도록 만들었다.

꿈을 이뤘다고 생각했다. 상담 센터의 문을 열고 들어오는 아이들을 맞이하며 꿈을 이뤘다고 기뻐했다. 너희들이 지금 얼마나 힘들지 안다고, 너희는 혼자가 아니라고, 어서 이리 와 같이 따뜻한 밥을 먹자고, 그래도 세상은 아직 살 만한 곳이라고 말해 줄 수 있는 위치까지 온 내가 대견했다. 아이들에게 희망의 산 증인이 될 수 있는 내가 자랑스러웠다. 그리고 딱 그만큼 절망스럽고 괴로웠다.

어느 날, 술에 취해 충동적으로 죽고 싶다는 생각에 사로잡혔다. 자살을 시도하지는 않았지만 대신 어떤 행동을 했다. 묶여 있는 돈은 어쩔 수 없지만 갖고 있는 현찰이라도 정리하자 싶어 주변의 고마운 사람들에게 통장의 돈을 이체한 것이다. 그때 내가 가장 먼저, 가장 많은 돈을 보낸 사람이 있다. 언젠가 소원이 뭐냐고 물었을 때, 그 사람은 망설임 없이 "제발 너 자신을 사랑해. 그게 내 소원이다"라고 말했다. 그 덕분에 나는 객관적인 눈으로 나를 볼 수 있게 되었다. 자살 충동에 휩싸였던 그날도 갑자기 이체된 돈의 정체가 뭐냐며 화를 낸 그 사람 덕에 다음 날을 맞이할 수 있었다.

이제 나는 그 사람처럼 되고 싶었다. 그 사람이 내게 바란 것처럼 자신을 가장 소중하게 여기는 사람이 되고 싶었다. 늦은 건 아무것도 없다.

우선은 당시에 살던 옥탑을 벗어나는 것을 목표로 삼았다. 여름에는 밤에도 기온이 39도를 넘고, 겨울에는 수도가 터지고 변기가 얼어 공중화장실을 전전해야 하는 집이 아니라, 더 안전하고 사람답게 살 수 있는 곳으로 이사를 가야겠다고 마음먹었다. 나는 지붕에서 물이 새고 곰팡이가 만개한 곳에서 사는 게 당연한 존재가 아니니까. 나는 소중하니까. 다른 누군가가 아닌 바로 내가 나를 지켜낼 거다.

내가 나를 사랑하는 사람이 되어 당당히 아이들 앞에 설 수 있기를, 누구보다 건강한 마음으로 아이들을 안아

줄 수 있는 날이 오기를 바란다. 그때가 되면 아이들에게
마음껏 먹으라고, 너 자신을 사랑하라고 떳떳하게 말할 수
있을 것 같다.

내가 진짜로 원하는 건

내가 나를 사랑하는 건 대체 어떻게 해야 하는 걸까? 타고난 것처럼 자연스럽게 자존감을 지닌 사람이 있는가 하면, 나처럼 그걸 배워서 알아 가야 하는 사람이 있다. 그 둘 사이에는 따라잡을 수 없는 간극이 존재한다. 어떤 행동과 생각이 자신을 존중하고 아끼는 일인지 나는 모른다.

대학생 때는 43킬로그램의 몸무게와 올 A+ 성적이 인생의 목표였다. 생활비는 물론 청약과 보험, 각종 예금까지 혼자 감당해야 했다. 첫 등록금과 입학금은 호주에서 워킹 홀리데이 비자를 받아 외국인 노동자 생활로 마련했고, 2학기 등록금부터는 성적 장학금으로 충당했다. 몸매를 만들고 성적을 유지하고 방세와 공과금을 마련하기 위해 일하는 생활은 솔직히, 정말, 힘들었다. 파릇하고 상큼한 대학생이고 싶었지만 늘 공부와 일에 지쳐 있었고 외로웠다.

월세 10만 원짜리 집에는 바퀴벌레와 개미가 함께 살았고, 주워 온 박스로 만든 옷장에는 쥐가 똥오줌을 싸고 갔다. 여름에는 창문에 말벌집이 생겨 119를 불렀고, 겨울에는 집안에서도 목도리를 하고 있었다. 기름보일러가 달린 집을 전전하면서 단 한 번도 기름을 사지 않았다. 그러면서 적금을 붓고 보험금을 냈다. 빚이 아닌 내 돈이 든 통장을 들고 대학을 졸업하고 싶었기 때문이다. 그러기 위해 친구에게 물려받은 옷을 입고, 9000원짜리 신발을 고쳐가며 신었다. 온갖 아르바이트는 물론이었고, 샌드위치를 만들어 타 대학교 앞, 아파트 단지, PC방, 고속도로 진입로에서 팔았다. 그래도 생활비가 부족해서 나중에는 대학교 동기와 선배 들에게 팔고, 믿지도 않는 교회에 다니며 신자들에게까지 팔았다.

혼자 살아왔다고, 여자가 고생했다고 무시당하기 싫었다. 공부도 일도 잘하는 예쁘고 싹싹한 사람이고 싶었다. 무엇 하나 모자란 것 없이 완벽한 사람으로 보이고 싶었다.

그러나 이런 억척스러운 생활의 결과는 부와 명예가 아니었다. 열등감과 오기가 나를 부러트렸을 뿐이다. 주위의 시선을 의식하며 아득바득 살았지만, 그래서 공허했다. 자격지심은 더 많아지고 자존감은 더 낮아졌는데 자존심만 높아졌다. 어느 새 나는 여유 없고 강박적이며, 꼬일 대로 꼬인 못난 사람이 되어 있었다.

알면서도 그만둘 수 없었다. 의미 없는 타인의 시선과 잣대에 휘둘리며 내 안의 그림자를 점점 키울 뿐이었다. 공허함을 채우기 위해 잠을 줄여 가며 술로 스트레스를 풀고 이성을 만났다. 현실에선 10만 원짜리 집에 사는 궁상맞은 처지일지라도 이성 앞에서는 대접받는 공주가될 수 있었다. 이것은 나를 외모에 더 집착하게 만들었다. 문제가 발생한 걸 알았음에도 그걸 해결하려는 노력 역시 잘못된 방향이었던 거다.

지인 H와 사람이 사는 목적에 대해 이야기를 나눈 적이 있다. 이 대화는 H의 다음과 같은 말로 시작되었다.

"모든 사람은 행복하려고 사는 거잖아."

나는 이 말에 적잖이 놀랐다. 솔직히 말하면 충격을 받아 표정 관리가 전혀 되지 않았다. H는 그 당연한 걸 가지고 왜 놀라느냐며, 굳어진 내 표정에 되레 충격을 받았다. H는 사람이라면 누구나 식욕을 느끼듯이 행복을 느끼기 위해 산다는 전제를 믿어 의심치 않았고, 자신의 행복론에 관한 일장 연설을 늘어놓았다. (참고로 H는 내가 섭식 장애란 걸 모른다.)

　이 글을 쓰고 있는 지금도 내게는 H의 말에 반박하고 싶은 것들이 한가득하다. 나를 비롯해서 내 주변 사람들이 과연 행복하려고, 행복을 추구하는 삶을 살고 있을까? 언젠가 전 세계 사람들에게 삶의 이유를 묻기 위해 세계 일주를 하고 싶다는 꿈을 진지하게 품은 적이 있었다. 그런 나에게 행복이라는 한 단어로 모든 사람의 삶의 목적을 설명한다는 것은 놀라울 따름이었다.

　과장된 관용구가 아니라, 정말 죽지 못해 사는 사람들을 여럿 보았다. 자신이 저지른 행동에 죄책감을 느끼며 하루하루 빚을 갚기 위해 살아가는 사람도 보았다. 사명감으로 살아가는 사람도 있었고, 부모님을 생각해서, 엄마 때문에 죽을 수 없다는 사람도 있었다. 복수하기 위해 사는 사람, 열등감 때문에 성공에 집착하며 사는 사람, 사랑하는 사람을 위해 사는 사람, 사랑하는 사람을 기억하기 위해 사는 사람도 보았다.

　그 모든 것들을 이루는 게 결국 H의 말처럼 행복이 아니냐고 되묻는다면 할 말이 없다. 하지만 그런 마음으로 살아가는 이들의 모습은 절대 행복한 것처럼 보이지 않았다. 적어도 내가 곁에서 지켜보기엔 그랬다. 심지어 목표한 것을 이뤘다고 해서 행복해하기보다는 허탈함을 느끼며 더 깊은 좌절에 빠지는 사람들을 자주 만났고, 나 역시그랬다.

삶을 살아가는 에너지는 어디서 오는 걸까? 다른 사람들은 대체 어디서 그렇게 힘을 얻고 빛을 발하며 살아가는지 궁금했다.

내가 정말로 이루고 싶었던 것은 무엇이었을까? 누군가를 도와줄 수 있는 사람이 되는 것? 높은 학력을 소지해서 열등감에서 벗어나는 일? 남들처럼 결혼을 하고 아이를 낳는 일? 내가 지금까지 살면서 이뤄 온 모든 성과는 사실 하나의 욕망으로 수렴했다.

'혼자이지 않고 싶다.'

이게 나의 진정한 욕구였다는 걸 뒤늦게 알고 나서 한동안 몸도 마음도 매우 아팠다. 단지 혼자이지 않기 위해 그 모든 역경과 고난을 헤치며 살아왔다는 걸 깨닫고 나니 진이 다 빠질 정도로 허무했다. 솔직히 나 자신에게 실망했다. 대학과 대학원을 졸업하고, 상담을 공부하고, 아르바이트를 섭렵하고, 직장에 다니며 늘 어딘가에 소속되려 했던 것, 멋들어지게 말해 왔던 내 사명감과 꿈, 그 꿈을 이뤘을 때의 기분, 그 모든 것들이 고작 외롭지 않기 위해서였다니. 혼자라는 불안감과 맞서 싸우지 못하는 나약함이 내 삶의 원동력이었다니. 나 자신이 불쌍했고, 처참했다.

며칠이나 아픈 밤을 지새웠다. 그러다 어느 순간 그런 나를 인정하기 시작했다. '그래, 내가 혼자인 걸 견디지 못하는 사람이라면, 그렇게 되지 않는 걸 목적으로 두고 살면 되지. 누군가가 내게 왜 사느냐고 물으면 이제는 혼자이지 않기 위해 산다고 대답하는 사람이 되는 것일 뿐이야.'

너무 잘 살고 싶어서 죽고 싶었다

드라마 〈아무도 모른다〉의 첫 화에서 주인공은 죽음을 앞둔 친구의 전화를 세 번이나 받지 못했다는 죄책감에 시달린다. 이후로 나는 그 드라마를 계속 볼 수 없었다. 주변에서 돌아가신 분들을 여럿 보았지만 그 어떤 죽음보다 내 가슴에 사무치는 죽음이 있다. 바로 지인의 자살이다. 그래서 나는 자살 시도자이자 자살 생존자(자살한 사람의 가족이나 가까운 지인)다.

어느 날 내가 그 사람에게 같이 죽는 게 어떻겠냐고, 차라리 그냥 죽어 버리자는 메시지를 보냈다. 그 사람은 화를 내며 "살자. 살아야지. 살려고 이렇게 노력하는데 그게 무슨 말이냐"라며 오히려 나를 혼냈다. 그리고 그날 밤, 술에 만취한 그 사람은 충동적으로 자살을 택했다. 죽기 전에 세 통의 전화를 걸었는데, 수신인이 모두 나였다. 나는 그중 단 한 통의 전화도 받지 못했다.

자신도 죽고 싶을 만큼 힘든 상황에서 나를 살리려고 애쓰던 그 사람이 지금의 나를 보면 어떤 마음일까. 그 사람이 다시 내 앞에 나타난다고 해도 목이 메어 미안하다는 말조차도 건넬 수 없을 것 같다. 이 사건이 내가 자살하겠다는 마음을 버리자고 다짐한 계기다.

20대에는 늘 자살을 생각했다. 지금은 절대로 자살만큼은 안 된다고 생각하지만, 죽음 자체를 꿈꾸지 않는 것은 아니다. 나는 혼자 살고, 정신 병력이 오래되었으며, 자살 시도를 수차례 해 온 고위험군의 사람으로 분류된다. 내가 싸우고 있는 문제들 앞에서 한없이 나약해지는 자신을 발견할 때, 더 이상 희망이 없다고 느낄 때마다 해결 방안의 하나로 죽음이 떠오르는 것을 부정하진 않겠다.

그러나 자살은 고통에서 해방되는 것이 아니라 영원히 죽지 못하는 일이다. 나를 사랑해 주고 내게 마음을 줬던 사람들의 가슴 속에 고통으로 영원히 남는 일이다.

자살을 계획하는 사람들에게 가장 두려운 건 자살 실패이고, 그보다 더 두려운 건 반신불수가 되어 눈을 뜨는 일이다. 자살자의 70퍼센트가 자살을 결심하고 실행에 옮기기까지 1시간이 걸렸고, 25퍼센트는 4~5분이 걸렸다고 한다. 나이가 어릴수록 자살을 실행하는 데 소요되는 시간이 짧아진다. 그만큼 충동적이고 비계획적인 자살이 그렇지 않은 자살보다 많다. 바꿔 말하면 자살이 그만큼 두렵고 어려운 일이라는 뜻이다. 치밀한 계획 끝에 죽음에 도달하는 것은 웬만한 결심으로는 힘들다. 실패를 맞닥뜨리지 않기 위해 독하게 준비하지만, 그럼에도 자살에 대한 두려움은 사라지지 않는다.

그런 두려움과 불안감을 해소하기 위한 방편으로, 혹은 또 하나의 해결책으로 자살 계획자들은 때때로 자해를 한다. 롤러코스터를 타기 전에 느끼는 긴장감이 타고난 후에는 해방감, 후련함, 쾌감 등으로 치환되는 것처럼, 자신에게 닥친 문제로 인한 괴로움과 불안이 자해의 통증이나 붉은 피의 자극에 경감된다. 또한 내가 그랬던 것처럼 많은 이들이 마음이 아픈 것보다 몸이 아픈 게 낫다는 이유로 자해를 하기도 한다. 육체의 통증을 도구로 삼아 현실의 문제와 정신적인 괴로움을 회피하는 것이다.

높은 염증 수치에도 불구하고 술을 마시는 일, 상처를 방치하는 일, 감기를 앓으면서도 무리한 운동을 하는 일 또한 일종의 자해에 속한다. 밥을 먹지 않아 영양 결핍에 시달리는 것 역시 자해다. 이렇게 자신을 위태로운 상황으로 내모는 모든 행동을 준자살 혹은 유사 자살para-suicide이라고 부른다. 거식증과 폭식증, 알코올 남용, 무분별한 성관계, 심지어 담배를 과하게 피우는 것도 유사 자살 행위에 속한다. 이는 모두 천천히 자살하는 것과 다르지 않다.

신체적으로든 심리적으로든 누군가에게 학대당한 경험은 한 인간의 자율성을 침식한다. 그 경험이 오래 지속되고 강렬할수록 피해자의 인생에 지대한 영향을 미친다. 자기 삶에 대한 통제력을 잃거나, 온전한 자기 세계를 침범당하는 일은 때로 극단적인 해결책으로 자살이나 자해를 불러올 수 있다. 이때의 자살과 자해는 잃어버린 통제력을 회복하려는 무의식적 시도다. 자살 예방 전문가 육성필 교수는 한 강연에서 이렇게 말했다.

"자살 결정자들은 내 뜻대로 할 수 있는 게 아무것도 없는 상태다. 이들이 유일하게 통제할 수 있는 것이 자신의 생명이다."

자살 실행 여부를 남에게 질문하는 사람들도 있는데, 이는 그 하나 남은 자신의 생명 선택권마저도 남에게 맡기는 행위다.

나는 8년 전에 실제로 자살을 시도한 적이 있다. 그때는 나 역시 우발적이었고 자살 결심에서 실행까지 한 시간이 채 걸리지 않았다(물론 평상시에도 죽고 싶다는 생각을 해 왔지만 구체적인 자살 계획을 세운 건 아니었다). 어쨌든 나는 살았고 지금 이렇게 그 이야기를 글로 쓰고 있다.

꽤나 오랫동안 나를 살려 낸 사람들을 원망했었다. '그때 그렇게 죽어 버렸으면 좋았을 텐데'라고 생각했던 적이 많았다. 지금은 스스로 목숨을 끊는 것만큼은 해선 안 될 일이라고 생각하지만, 역설적이게도 그렇기 때문에 요 몇 년간 거식 행위에 더 집착했을 것이다. 음식 거부는 명백히 나를 파괴하는 행위지만, 쉽게 눈에 띄지 않고 오랜 시간이 필요하며 비교적 자살로 보이지 않는 굉장히 수동적인 방법이니까. '나는 자살은 하지 않아'라고 스스로를 속이며 눈 가리고 아웅 했다.

죽음을 희망하면서 음식을 먹는다는 것이 내겐 너무 큰 모순이었고, 이 생각은 식욕을 떨어트리는 데 가장 강력한 효과를 발휘했다. 사는 걸 원치 않으니 배고픔과 식욕을 느껴선 안 된다고 생각했다. 굳이 자살이란 주제에 대해 쓰는 이유가 여기에 있다. 나는 이 흑백논리에 대해 말하고 싶은 것이다.

많은 신경증 환자들이 흑백논리의 덫에 걸려들어 모 아니면 도라는 식의 사고로 유연한 삶을 방해한다. 자신이 설정한 기준에 도달하지 못하면 실패라고 여기며, 과정은 무시하고 성공과 실패의 결과론적 관점에서만 세상을 본다. 이렇게 융통성이 부족한 태도는 양극단 외의 회색지대를 인정하지 않음은 물론, 그 존재 자체를 모른다. 완벽하게 할 수 없다면 하지 않는 것이 낫다고 생각한다. 학교에 지각하느니 결석을 택하고, 일등을 할 수 없으니 백지 답안을 낸다. 완벽한 필기를 할 수 없다면 누구도 알아볼 수 없는 필기를 하고, 완벽히 정돈할 수 없다면 아예 청소를 하지 않는다. 정도의 차이는 있지만 대개 이런 식이다. 점점 사고와 수용의 폭이 좁아지다가 결국 부정적인 결론에 도달하게 된다.

자살 위험군에 속하는 사람들이 상담을 받을 때 보이는 공통된 태도 가운데 하나가 상담 중에 등장하는 작은 유머에도 난색을 표하는 일이다. 그들은 죽음을 계획하는 사람이 즐겁게 웃어서는 절대로 안 된다고 생각한다. 죽음을 희망하는 일과 음식 섭취는 서로 큰 모순이라고 믿는 것도 이와 비슷하다. 나는 단지 예쁘고 마르고 싶다는 생각 외에도 오랫동안 이 비합리적 사고의 노예가 되어, '죽고 싶다는 사람이 음식을 먹어도 되겠어? 먹는 건 죄야. 식욕조차 느껴선 안 돼'라는 가혹한 사고에 채찍질당했다.

죽고 싶은 사람은 웃으면 안 되는 걸까? 죽을 만큼 힘든 사람은 밥을 먹으면 안 되는 걸까? 소중한 이와 사별한 사람은 즐거움을 느껴선 안 되나? 장례식장에서 밥을 먹으면 안 되나? 그렇지 않다. 세상은 흑과 백이 아니다.

본격적인 거식증 치료를 결심하고 나서 내게 용기를 주었던 말은 '먹어. 제발 먹어 줘'가 아니라 '먹어도 돼. 먹어야 해'였다. 먹는 게 나쁜 일이 아니라는 안심, 먹는 게 당연하고 필요한 일이라는 깨달음, 비합리적 사고를 깨부수는 직언들이 나를 살려 냈다.

그런데 나는 왜 그토록 죽고 싶었을까? 혹시 너무 잘 살고 싶어서 죽고 싶었던 건 아닐까? 삶 자체도 흑과 백으로 봐 온 것이 아닐까? 그랬다. 보란 듯 잘 살고 싶었지만 그럴 수 없으니 차라리 죽어 버리면 좋겠다고 생각했다. 자살을 해결책으로 생각하고 나면 기분이 좋아지고 안정감이 들었다. 자살이라는 수단은 내게 비전이었다.

'어차피 살 거라면 잘 살아야지'라는 말에 용기를 얻기도 했지만, 잘 산다는 것의 기준을 잘못 설정해 왔다. 잘 산다는 게 뭘까? 어떻게 살아야 잘 살았다고 할 수 있으며, 그런 평가는 누가 내리는 걸까? 어떤 하나의 기준으로 평가할 수 있을까?

주변의 시선과 잣대에 휘둘려 온 나에게 사회에서 요구하는 연령별 발달 과업들은 매우 큰 가치였다. 성격 또한 부족함 없이 사랑받고 자란 것처럼 비치고 싶었다. 온갖 기준에 이리저리 나를 맞추려다 보니 만족이라곤 있을 수 없었다. 노력해도 역부족인 순간이 늘 찾아왔고, 과거는 꼬리표가 되어 날 따라다녔다. 상처를 숨기면 마음에 고름이 차올랐고, 아픔을 털어놓으면 관계에서 생기는 모든 문제의 원인 제공자 취급을 받아야 했다. 가까스로 한 단계 올라서도 여전히 바닥이었고, 앞으로 나아갈수록 상대적 박탈감만 거세졌다.

여기서 짚고 넘어가야 할 건 내가 아무것도 시도하지 않은 사람이 아니라는 점이다. 처음부터 삶을 비관하고 포기한 건 아니었다. 노력해도 안 됐다는 건 노력을 했었다는 거다. 무력감을 느꼈지만 무력하진 않았다.

나는 역경을 딛고, 상처를 안고, 그럼에도 잘 살아 보겠다고 애쓰는 삶을 살아왔다. 언제나 한계에 부딪쳤고 언제나 싸워 냈다. 지금 돌이켜 보면 나조차 '그걸 어떻게 해

냈지?' 싶은 일들을 도전하고 성취하며 살았다. 시간을 되돌려 다시 과거로 갈 수 있다면 타임머신을 타겠느냐는 질문에 단 한 번도 '예스'라고 외친 적이 없었다. 그때의 고통과 인내를 다시 겪을 자신이 없어서 시간을 되돌리는 일만큼은 절대 사양이다.

그럼 지금 죽지 않는다면 난 뭘 하고 싶지? 죽음과 바꿔서 하고 싶은 일, 다시 기회가 주어진다면 해 보고 싶은 일이 있다면, 그게 내 삶의 목적이 될 수도 있지 않을까?

《하루에 사과 하나》의 저자 엠마 울프는 거식증을 이겨 내야만 하는 이유, 즉 '동기'가 거식증과의 싸움에서 가장 큰 도움이 됐다고 한다. 사랑하는 사람이 생겨 그의 아이를 갖고 싶다는 소망이 그 동기였다. 입던 옷이 맞지 않게 되고, 몸이 무거워지고, 체중계의 앞자리 숫자가 바뀔 때마다 울프는 아이를 생각했다. 울프의 삶에 마른 몸을 유지하는 것보다 더 중요한 가치가 생긴 거다. 그 새로운 가치가 울프를 변화시켰다.

사람을 평가할 수 있는 항목들은 몇 가지나 될까? 내가 내 가치를 매기는 데서 체중과 체형은 어느 정도의 비중을 차지할까? 겉모습 외에 나를 평가할 수 있는 항목에는 어떤 것들이 있을까? 가족, 취미, 직업, 학업, 친구, 연인 같은 항목의 다양성이 내게는 없었던 게 아닐까? 아니, 잊고 지냈던 건지도 모른다.

　　조금 실수해도 괜찮다. 그게 내 전부는 아니니까. 지금 넘어진 상태여도 괜찮다. 삶은 계속되니까. 외모가 내 야박한 기준에서 벗어나도 괜찮다. 내 가치는 그것만이 아니니까. 살이 쪄도 나는 여전히 나다. 지금 내가 멈춰 있거나 넘어진 상태라고 해서 내 삶이 망가진 채 끝나는 게 아니며, 실패자의 삶으로 정의 내려지는 것도 아니다. 나 외에 누구도 내 삶에 가치를 매길 순 없다. 설사 스스로 정해 놓은 기준에 도달하지 못했다고 해도 내 삶은 실패가 아니다. 100점과 0점 사이에는 무수한 숫자들이 있으니까.

　　나는 내 삶의 동기를 되찾을 거다. 외모 외에 다른 가치 있는 것들로 나와 내 주변을 채워 나갈 거다. 내가 너무 잘 살고 싶어서 죽고 싶었을 만큼 삶에 대한 열정이 가득한 사람임을 잊지 않을 것이다.

"잘 먹는 것은
결코 하찮은 기술이 아니다."

_미셸 드 몽테뉴

3
잘 먹고
잘 살기 위해

치료를 시작하며

처음 입원을 결정한 건 직장을 그만두기 위해서였다. 쉬고 싶고, 도망가고 싶었다. 치료를 받으려 했다기보다 그걸 핑계 삼고 이용하려 했다는 편이 맞을 것이다. 진심이 아니었기에 치료 효과를 볼 수 없었다. 병원에서 주는 밥은 거의 손도 안 대다시피 했고, 약도 몰래 버리기 일쑤였다.

그런데 시간이 지나면서 지금 내가 서 있는 곳의 반대편, 자신을 사랑하는 사람들이 있는 곳으로 가고 싶다는 치료 동기가 서서히 내 안에 자리 잡았다. 처음에는 그저 혼자이지 않기 위해 노력해야 하는 줄 알았다. 그러나 내가 혼자여도 괜찮을 때, 내가 좋아하고 함께하고 싶은 그 사람들과도 건강하게 만날 수 있다는 걸 깨달았다. 내 두 발로 단단하게 설 수 있는, 외로움에 흔들리지 않는 사람이 되고 싶다. 우선은 섭식장애와 작별해야 한다. 그렇게 뒤늦게 진짜 치료가 시작되었다.

　　입원 치료조차 효과가 없던 내가 퇴원 후 5개월간 6킬로그램을 찌울 수 있었던 데에는 스스로의 노력 못지않게 지인들의 도움이 정말 컸다. 그들은 내가 먹고 토한다는 걸 알면서도, 내가 먹겠다고 하는 것들을 전부 구해다 주거나 함께 먹어 주었다. ("어차피 토할 건데 돈 들여서 왜 먹어?"라고 말하는 사람도 물론 있었지만) 토하더라도 아예 안 먹는 것보다는 음식 섭취량이 크다는 걸 알아서였다. 그렇게라도 입에 음식을 넣고 씹는 걸 반복하다 보니 먹는 행위에 익숙해졌고 점차 그 횟수와 양을 늘려 갈 수 있었다.

　　그뿐만이 아니다. 뚱뚱하고 살쪄 보이지 않느냐는, 시도 때도 없는 내 질문에 지인들은 인내심을 잃지 않고 그렇지 않다고 답해 주었다. 수십 수백 번을 말이다. 그리고 다정한 희망의 말을 덧붙이는 것도 잊지 않았다.

　"오늘은 무리하지 말자."

　"힘들면 그만 먹어도 돼. 여기 두고 갈 테니 마음 내킬 때 먹어."

　"지금은 토하지만 내일은 하지 말자."

"내일은 조금 더 먹자. 그럴 수 있어. 그렇게 될 거야."

"네가 너를 못 믿는다고 해도 나는 널 믿어."

내가 만난 섭식장애 환자들의 사연은 가지각색이지만 확실한 한 가지 공통점이 있다. 모두가 (적어도 내가 아는한) 사랑과 관심을 필요로 했다. 엄마의 관심, 아버지의 사랑, 주변 사람들의 걱정을 원해서, 혹은 그 마음들이 떠나가는 게 두려워서 거식 행위를 선택했다. 내 가슴에 강렬하게 남아 있는 가족 치료학 교수님의 말씀이 있다.

"모든 신경증 치료의 답이 뭐라고 생각하세요? 약물? 심리 상담? 정신 요법? 이 모든 걸 뛰어넘는 것은 사랑입니다."

먹지도 않고 도움의 손길도 거부하는 환자에게 도대체 어떻게 해 줘야 하느냐는 질문을 종종 받는다. 정답은 없겠지만, 당장 내가 할 수 있는 말은 '수용'이다. 있는 그대로의 모습, 존재 자체만으로도 자신이 충분한 존재라는 걸 환자가 받아들일 수 있도록 주변에서 먼저 환자를 수용해 주는 것이다.

주위 사람들의 걱정스러운 마음이 답답함을 넘어 분노로 치닫는 걸 이해한다. 나를 걱정하는 지인들의 마음을 내가 이해하려 하는 만큼, 나 역시 그들로부터 간절히 이해받고 싶다. 건강검진을 위해 반나절만 굶어도 힘든데, 만약 수술을 받게 되어 사흘 동안 금식한다면 어떨까? 수술이 끝나고 겨우 미음을 먹을 수 있게 되었는데 누군가 그 앞에서 소갈비를 뜯는다면? 미치게 먹고 싶지 않을까? 하지만 먹을 수가 없는 거다.

　　채소와 낮은 칼로리의 음식들을 찾아 먹는 걸 비난하지 말아 주었으면 좋겠다. 그렇게라도 먹는 것을 수용해 주고 기다려 주기를, 스스로를 위해 점점 더 나은 선택을 할 거라고 믿어 주길 바란다. 너무나도 먹고 싶지만, 관심을 잃을지도 모른다는 말도 안 되는 불안 때문에 먹지 못하는 그 슬픈 마음을 이해할 수 있다면, 그들에게 어떤 방식으로 도움을 줘야 할지 조금은 답이 보이지 않을까?

　　퇴원하고 1년이 넘도록 매일 나와의 싸움을 벌였다. 밤에 침대에 누워 내일은 밥을 먹을 거라고 생각하고는, 아침이 오면 오후 2시에 첫 음식을 먹겠다고 결심한다. 때로는 오후 5시로 미루기도 한다. 그리고 또 양배추와 고추를 먹는다. 밤이 되면 다시 하루를 후회하며 내일은 더 많이 먹을 거라고, 좋아했던 아이스크림을 (토하지 않고) 먹을 거라고 다짐한다.

그렇지만 입원 전과 비교하면 분명 달라지고 있었다. 그전에는 사과 한 개도 너무 많이 먹었다고 생각했는데, 계속 먹으려고 시도하다 보니 음식에 대한 불쾌감이 꽤나 줄어들었다. 삶은 계란을 다시 먹기 시작했는데, 오랜만에 먹어 본 계란이 어찌나 맛있던지 계란 한 판을 몇 주 만에 전부 먹어 버릴 정도였다. 그토록 좋아하던 우유나 치즈 같은 유제품도 다시 먹기 시작했다.

그래도 여전히 사람들과의 식사 자리를 피했고, 술에 취하지 않으면 식당에서 파는 음식은 먹지 않았다. 백반을 같이 먹자고 지인과 약속했지만 번번이 실패했다. 밤마다 자신과의 싸움에서 진 것 같아 절망하고, 달라진 것이 없다며 자괴하다가도 마지막엔 다시 잘해 보겠노라 다짐하며 잠들었다. 더딘 걸음이지만 제자리걸음은 아니니까, 나아질 수 있다고, 오늘 먹은 것들 전부 아주 잘했다고.

나를 구할 사람은 나뿐이니까

　이제부터는 과거를 돌아보며 자기 연민에 빠져 있는 글이 아니라, 내가 섭식장애와 어떻게 싸워 왔고 싸우고 있는지에 관한 이야기를 써 보려 한다.

　환자의 의지가 중요하지 않은 치료가 어디 있겠냐마는 '중독'에 대한 치료만큼 환자의 의지와 동기가 절대적으로 중요한 치료도 없을 것이다. 약물의 도움도, 폐쇄 병동 입원도 환자의 의지가 없다면 도로 아미타불이다. 섭식장애라는 병마와의 싸움에서 동기는 마음이 흔들릴 때마다 자신을 단단히 붙들어 맬 수 있는 무기가 된다.

　이 지긋지긋한 질환과 영원히 함께할 것만 같던 내 삶이 바뀌기 시작한 건 단연코 치료 동기를 갖게 되면서부터다. 우선 문제의 심각성을 깨닫고 변화할 필요를 느껴야 한다. 다른 누구도 아닌 나 스스로 말이다. '달라지고 싶어. 이제 그만 이 지옥에서 벗어나고 싶어. 더 이상은 이렇게 살고 싶지 않아!!!' 이런 마음이 가득 차야 한다. 그러나 이것만으론 부족하다. 변화하고 싶은 마음을 넘어, '꼭 변화해야만 하는 이유'를 가져야 한다. 또한 동기 못지않게 중요한 '자신을 믿는 마음'도 반드시 필요하다. 변화를 향한 열망은 수시로 내 몸과 마음에 차오르지만 착상되지 못한 채 다시 흘러나가기 일쑤기 때문이다. 동기와 자기 믿음, 이 두 가지 요소가 치료를 시작할 때 가장 중요한 부분이라고 확신한다.

심리학자 제임스 프로차스카James O. Prochaska와 그의 동료들이 제시한 모델에 따르면, 사람은 문제 행동을 변화시킬 때 다음과 같은 단계를 거친다.*

1. 고려 전: 변화의 필요성을 느끼지 못한다.

2. 고려: 문제를 인식하고는 있지만 행동으로 옮기지 않는다.

3. 준비/결정: 변화를 위한 작은 행동을 시도한다.

4. 실행: 본격적으로 변화된 행동에 몰입한다.

5. 유지: 변화를 유지하고 재발을 방지한다.

---

* 제임스 프로차스카, 존 노크로스, 카를로 디클레멘트, 《자기혁신 프로그램》, 에코리브르, 2007.

이 모델을 그대로 거식증 변화에 적용하면 아래와 같지 않을까.

1. 고려 전: 거식 행동과 칼로리 감량만이 나에게 도움이 되는 유일한 해결책이라고 믿는다.
2. 고려: 거식 행동으로 잃은 것을 생각하기 시작하는 한편, 이를 거식증으로 얻은 것과 비교하며 저울질한다.
3. 준비/결정: 거식증으로 잃은 것에 대한 깨달음이 그간 누려 온 거식증의 장점을 앞지르며, 거식 행동 외에 다른 대처 방식으로도 살아갈 수 있다는 믿음이 쌓인다.
4. 실행: 행동을 실제로 바꾸는 단계로, 주변의 적극적인 격려와 도움이 가장 필요한 시기다.
5. 유지: 변화된 행동을 강화하고 장기적으로 유지하기 위해 노력한다.

치료 동기가 가장 큰 힘을 발휘하는 시기는 고려 단계와 준비/결정 단계다. 지금도 나는 고려, 준비/결정, 실행 단계를 수도 없이 오르내리고 있다. 날마다 거식증의 그림자에 더 이상 내 삶의 주도권을 건네 주고 싶지 않다고 수천 번 다짐한다. 그와 더불어 '그래도' '하지만'으로 시작하는 문장들 역시 수만 번 생각한다. 그러다 어느 날, 목표한 열량을 채우고, 구토나 그 밖의 보상행동을 일절 하지 않은 날을 보내기도 한다.

앞에서 내가 닿고 싶은 새로운 목적지를 밝혔다. 지금의 나와 정반대의 사람들이 서 있는 곳, 자신을 사랑하는 사람들의 세계로 가는 것이 내 목표다. 그들 곁에 서고 싶다. 어색하지 않은 모습으로.

그러나 나처럼 자존감이 낮다 못해 자기 신체를 자각하는 것조차 어려운 사람에게 갑자기 자신을 사랑하라는 말은 뜬구름 잡기나 다름없다. 이런 내가 '나를 사랑하기'라는 목표와 현재의 거식증 치료를 어떻게 접목할 수 있을까? 나는 이 원대한 목표에 다가가기 위해 더 작고 구체적인 목표들을 세워 치료의 동기로 삼고, 그에 맞는 자가 치료 작업들을 해 나가기로 했다.

섭식장애의 영향을 눈으로 확인하기

많은 사람들이 섭식장애는 무조건 나쁘고 단점만 있는 백해무익한 것으로 알고 있다. 그러나 섭식장애는 확실한 패턴을 가진 중독 행위고, 이런 행위는 환자에게 나름의 장점을 제공한다. 객관적으로 보기에 장점은 아니더라도 환자 본인에게는 이롭게 느껴지는 점들이 분명히 있으니 중독이 되는 거다. 따라서 환자의 머릿속에 존재하는 거식증의 긍정적인 면과 부정적인 면을 끄집어내어 시각적으로 확인하는 것은 매우 중요한 작업이다.

나는 섭식장애가 내게 미친 영향을 확인하는 방법의 하나로 미술 치료를 선택했다. 그림 그리기를 좋아하는 내 취향에 잘 맞는 방법이기도 했다. 내가 생각하는 내 모습과 남이 바라보는 내 모습을 그렸는데, 앞의 것은 어린 소녀의 모습이었다. 이는 정서적으로 미성숙한 나를 대변한다. 뚱뚱하거나 마르지 않은 적당히 날씬한 체형에 양손을 뒤로 감춘 여자아이는 상황을 회피하고 싶어 하는 듯 수동적인 모습이다. 반면에 남이 보는 내 모습은 꽤나 사실적이다. 거식증을 앓고 있는 자신이 적나라하게 표현되어 있었다.

전자는 내가 원하는 모습이고, 후자는 내가 실제로 자각하고 있는 모습이 아닐까? 볼품없이 마르고 병든 모습이 진짜 나라니. 뛰어가 안아 주고 혼내 주고 싶었다. 그러지 않아도 된다고, 꾸미지 않아도 되고 먹어도 된다고,

너는 너 자체로 소중하다고, 그거면 됐다고 말해 주고 싶었다.

시간이 흐르면서 두 자화상 사이의 차이는 줄어들었고, 나를 점차 객관적으로 바라볼 수 있게 되었다.

미술 치료와 같은 목적으로 시도했던 또 하나의 작업은 거식 행동의 장단점을 표로 기록하는 일이다. 내 생각의 변화는 물론이고 미처 자각하지 못하고 있던 몸 상태까지 체크해 볼 수 있는 방법이다. 아래 표를 매주 작성해야 하는데, 각 항목마다 스스로 점수를 매기는 것이 포인트다. 누군가에게 보여 주고 확인받는 보고서가 아니라, 나만의 비밀 일기를 쓰듯이 솔직하게 작성해야 효과를 볼 수 있다.

(2019년 4월 셋째 주)

장점	단점
거식 행동을 마음껏 할 때 (폭식과 보상행동 일체 포함)	
10 날씬하다는 소리를 듣는다.	-100 좋아하는 사람을 만날 수 없다.
10 원하는 모든 옷을 입을 수 있다.	-10 친구와 어렵게 만나서도 오래 함께 있을 수 없다.
10 마른 몸을 유지했다는 성취감을 느낀다.	-6 노안이 된다.
100 스스로 통제할 수 있다는 (어쩌면 유일한) 힘을 느낀다.	-6 피부가 탄력을 잃고 탈모가 생긴다.
	-6 생리가 멈춘다.
4 폭식은 허한 마음을 즉각적으로 채워 준다.	-10 여름에도 전기장판 없이 잘 수 없다.

6 역설적이게도 살아 있음을 느낀다.	-3 손에 굳은살이 박인다.
3 내 나이에 부과되는 사회적 과제에서 해방된다.	-3 배고픔과 미각을 잃는다.
	-4 배부름 대신 배가 터질 듯한 고통을 느낀다.
5 관심(환자 취급)을 받는다.	-10 관심(환자 취급)을 받는다.

거식 행동을 자제하거나 아예 하지 않을 때

7 이겨 냈다는 생각이 든다.	-10 불안해서 미칠 것 같다.
4 배변 활동이 원활하다.	-10 바로 살이 붙은 것처럼 몸이 무겁게 느껴지고 치욕스럽다.
10 장시간 야외 활동이 가능하다.	
8 보기 좋다, 예뻐 보인다는 말을 듣는다.	-10 걸을 때마다 살이 덜렁거리는 것 같다.
10 짜증이 줄고 마음에 여유가 생긴다.	-10 스키니 진이 안 맞는다.
10 뭐든 다시 도전하고 싶은 마음이 든다.	-10 주변 사람들이 나 말고 더 불쌍한 사람을 돌봐 주러 떠난다.
9 하루에 두 가지 이상의 일을 할 수 있다. (영화 관람 후 쇼핑이나 집안일, 글쓰기 등이 가능하다.)	-9 사회생활을 재개해야 한다는 부담감을 느끼나 자신이 없다.
	-8 내 고통과 슬픔을 남들이 알아 주지 않는 것 같은 기분이 든다.
100 나를 보고 울던 사람들이 웃는다.	-100 공허함과 외로움이 해소되지 않는다.
100 먹방을 보지 않게 된다.	

종합 의견

장단점이 박빙이다. 거식 행동을 할 때의 이득과 손실을 적는 것이 거식 행동을 하지 않을 때의 경우를 적는 것보다 아직은 더 쉽고 빠르다. 하지만 거식 행동을 안 했을 때의 장점이 늘어 간다는 점이 발전이라면 발전이다. 이런 흐름이 장기적으로 유지된다면 내 몸의 변화를 스스로 더 많이 느끼게 될 테니 그만큼 더 많은 장점을 발견할 수 있지 않을까. 다시 거식이나 폭토를 반복한다고 해도 절대로 제자리걸음은 아니란 걸 잊지 말자.

이 표를 작성하고 나면 내 마음이 어느 쪽으로 더 기울어져 있는지 명확하게 알 수 있다. 자신이 섭식장애라는 망망대해의 어디쯤에 와 있는지 그 위치를 한눈에 파악할 수 있다는 것이 이 작업의 가장 큰 장점이다. 자신을 객관적으로 보게 되고, 본 것을 생각하고 또 생각하다 보면 불편한 느낌이 들게 마련이다. 그런 불편한 자극이 증폭되면 사람은 바뀔 수 밖에 없다.

내가 처음 이 표를 작성했을 때는 거식 행동의 장점이 70이라면 단점은 30밖에 되지 않았고, 심지어 거식 행동을 하지 않을 때의 장단점은 단 한 줄도 쓰지 못했다. 매주 같은 작업을 하는데 뭐 얼마나 다른 내용을 적게 될까 싶었지만, 매번 미묘하게 다른 글과 점수로 표를 채워 갔다. 그렇다고 언제나 긍정적인 변화만 일어난 건 아니다. 다시 좌절하고 거식과 폭식을 반복한 날도 많았다. 변화에는 시간과 노력이 든다는 걸 잘 안다. 섭식장애를 앓은 기간이 길수록 변화에 필요한 기간도 길 수밖에 없다. 포기하지만 않는다면, 분명 조금씩 달라지는 걸 느낄 수 있다.

또한 이 작업은 내 행동과 생각에 점수를 매김으로써 무엇이 나에게 중요한 가치이며 그것이 차지하는 비중이 얼마나 큰지 숫자로 알 수 있게 해 준다. 그 수치화된 가치가 바로 거식 행위를 이어 나가거나 중단하는 이유다. 자신의 욕구를 탐색하는 이 작업을 거쳐, 욕구를 채우기 위한 올바른 대처 방법을 찾는 다음 단계로 나아가게 된다.

식단 일기 쓰기

많은 의사와 상담사가 식단 일기를 제안하지만, 섭식장애 환자들은 그것의 치료 효과를 의심할 뿐 아니라 식단 일기 자체를 무의식적으로 꺼린다. 자신이 뭘 얼마나 먹고 있는지 객관적으로 들여다볼 용기가 없는 거다. 나 역시 처음에는 매일 먹은 걸 기억해서 적는 행위가 정말 도움일 될지 의문스러웠다. 기록하는 일 자체가 귀찮고 스트레스일 것 같았고, 내가 먹은 것들을 확인하며 괴로움과 자책감을 느끼고 싶지도 않았다. 그런데 막상 해 보니 전혀 그렇지 않았다. 적어도 내게는 큰 도움이 되었다.

오늘도 너무 많이 먹었고, 배가 엄청 부르다고 생각했는데 일기를 보면 겨우 청양고추 몇 개에 김을 뜯어먹은 게 다였다. 내 식사량을 글로 확인하니 눈이 번쩍 뜨이는 기분이었다. '아, 내가 진짜 아프구나. 말도 안 되게 적은

시간	먹은 음식	보상행동	먹은 이유	식사 전후 생각과 느낌
15:30	귤 하나 브라질 너트 반쪽	없음	빈속에 영화관에 가면 쓰러질까 봐.	귤의 당분을 생각하니 괜히 먹었나 싶으면서도, 먹어야지 하는 생각이 들었다.
16:20~ 18:00	써머스비 한 캔	없음	영화 보며 맥주 반 캔 마셨다.	소변이 마려워 힘들었다. 역시나 당분 때문에 칼로리 걱정이 든다.
19:30~ 21:00	양파, 호박, 달걀, 마른 새우를 넣고 끓인 탕과 낙지 반 마리	토함	배도 많이 고팠고, 한 끼 먹을 때가 되었다 싶었다.	이럴 거면 왜 먹었나 싶으면서도 우선 토해야 한다는 생각에 토했다. 토하고 나서 설거지하고 청소기 돌리고 걸레질까지 했다.
의견	위액이 나올 때까지 토했지만 낙지 다리는 못 본 것 같다. 지금은 새벽 한 시. 맥주가 다시 먹고 싶고 멍게도 먹고 싶어 슬프다. 괜찮아. 할 수 있어. 더 이상 아무도 나를 믿지 않고 모두가 나를 포기하고 있지만, 나는 나를 포기하지 않을 거다.			

양을 먹고 있구나' 하며 스스로의 비합리적인 사고를 인정하고 바꿔 나갈 수 있게 되었다.

식단뿐만 아니라 하루 동안 한 일까지 전부 적는 일상 기록지도 있는데, 다소 복잡하여 예시는 생략했다. 대

략적인 방식을 설명하자면, 일주일 동안 어떻게 살고 싶은지를 상상으로 적어 본 뒤 실제로 일주일을 살면서 일어난 일과 계획대로 실천하지 못한 이유를 그 옆에 적는다. 실패한 이유를 되새김질하다 보면 자신에게 일정한 패턴이 있다는 걸 알게 된다. 나 같은 경우는 낮에 굶고 저녁에 몰아 먹기 때문에 토하고 늦게 잠자리에 들게 되었다. 그리고 이게 다음날까지 영향을 미쳐 늦게 일어나게 되고, 어제에 대한 자괴감으로 우울한 하루를 시작하는 패턴을 보였다.

계획대로 지켜진 부분들도 그 이유를 적으면 좋다. 힘든 순간을 어떻게 견뎠는지, 그때 무엇이 내게 힘이 되었는지를 기록하다 보면 이것 역시 패턴이 있음을 알 수 있다. 그러면 이제 실패한 것보다 성공한 것에 더 초점을 맞추면 된다. 나를 먹게 하고 보상행동을 하지 않게 해 주는 점들을 강화하면 무엇보다 변화에 속도가 붙는다.

수없이 쏟아지는 다이어트 관련 기사들은 모두 하나같이 굶는 다이어트가 폭식을 불러일으키고, 다이어트를 하지 않는 것보다 더 큰 악영향을 끼친다고 말한다. 식단 일기나 일상 기록지를 쓰면 이 당연한 말을 머리가 아닌 마음으로 이해하게 된다. 식습관 외에 일상의 다른 크고 작은 습관들도 마음만 먹으면 이 일상 기록지를 통해 고칠 수 있지 않을까 싶다.

대안 행동 찾기

사람은 일정한 균형을 맞추려는 항상성을 갖고 있다. 체온이 올라가면 땀을 배출하고 체온이 내려가면 몸을 떨거나 웅크려서 적정 온도를 유지하려는 게 바로 항상성이다. 이런 항상성이 깨질 때 질병을 앓게 된다. 정신도 마찬가지다. 많은 사람이 부정적인 결과가 예측될 때 문제 행동에 더 집착하는 경향을 보인다. 어떤 행동을 하지 말라고 하면, 균형을 맞추려는 본능에 의해 무의식적으로 그 행동을 해야 하는 이유에 몰두하게 되는 것이다. 이미 특정한 행동 패턴에 익숙해져 버린 사람에게 무조건 그 행동을 억제하게 하는 것은 오히려 역효과를 낳는다. 따라서 문제 행동을 없애는 데 집중하는 게 아니라 다른 행동을 더 하게끔 만드는 것이 중요하다. 그런 대안 행동을 찾는 것이 변화 유지 단계로 가는 길이다.

앞에서 예로 든 내 거식증 장단점 표를 보면, 거식 행동을 하지 않았을 때의 단점에 '공허함과 외로움이 해소되지 않는다'라는 항목이 있고, 그 점수는 무려 마이너스 100점이다. 거식이나 보상행동 외에, 외로움을 달래 줄 만한 다른 행동을 찾아서 거기에 집중할 수 있다면 자연스럽게 거식증의 늪에서 벗어나게 될 것이다.

나를 믿어 주기

섭식장애와의 싸움에는 인내가 필수적이다. 자기 확신과 믿음이 없다면 변화의 단계를 오르내릴 때마다 좌절감에 머무르는 시간이 길어진다. 좌절감에 함락되는 것이 아니라 좌절을 수용할 수 있어야 한다. 작심삼일이더라도 다음날 다시 작심하면 된다. 한번 불편하다고 느낀 행동은 언젠가는 어떤 형태로든 변하게 되어 있으니까. 잘게 쪼갠 작은 목표들을 하나씩 이루면서 성공의 경험을 모으다 보면 결국 앞으로 나아가게 된다. 성공이란 게 달리 특별한 게 아니다. 잘 먹은 한 끼가 오늘의 나에겐 성공이다. 어떤 것도 늦은 때는 없고, 살아만 있다면 문제는 해결된다. 내 주위의 모두가 나를 포기하더라도 나 자신만은 희망을 잃

지 말자. 더 잘 살고 싶은 마음 때문에 지금 아픈 거라는 걸
잊지 말자.

관해와 완치

거식증에서 해방되는 날이 올까? 완치라는 게 가능한 일일까? 앞에서 말했듯이 많은 거식증 환자들은 발병 5년 안에 부분 관해나 완전 관해를 경험한다. 부분 관해는 지난 3개월 동안 저체중을 보이지는 않았지만 여전히 체중 증가나 비만에 대한 극심한 두려움을 느끼거나(체중 증가를 막기 위한 행동을 보일 수도 있다), 체중과 체형에 대한 자기 지각에 장애가 지속되는 경우다. 완전 관해란 자발적으로 유도한 저체중이 아니면서, 체중 증가에 대한 두려움이나 신체상에 대한 왜곡이 없는 상태를 말한다.

그렇다면 왜 '완치'라는 표현을 쓰지 않고 '완전 관해'라는 표현을 쓰는 걸까? 맹장염이나 감기 같은 급성 질환은 완치 후 정상 생활로 빠르게 복귀할 수 있지만, 암이나 만성 질환은 재발의 위험을 갖고 있다. 항암 치료로 암 덩어리가 완전히 사라졌을 때도 의사들은 완전 관해라는 용어를 사용해서 환자들에게 설명한다. 그로부터 몇 년을 더 지켜본 후 병이 재발하지 않고 건강이 유지된다는 것이 확인될 때 비로소 완치라고 명명한다. 섭식장애 역시 재발률이 매우 높은 정신 질환이다. 정상 체중이 되었다고 해도 음식과 운동에 대한 강박에서 벗어나기 어렵고, 계속해서 체중 증가에 두려움을 느낀다. 부분 관해는 겉보기에만 병을 이겨낸 것처럼 보일 뿐 속으로는 여전히 환자인 거다.

완전 관해의 상태가 되었다 해도 언제 어떻게 닥쳐 올지 모를 삶의 시련 앞에서 또다시 거식이나 폭식 행위를 선택하게 될 가능성을 아주 배제할 수 없다. 그래서 섭식장애 환자를 치료할 때에는 내과적 질병을 막기 위해 체중을 늘리는 것을 우선적인 목표로 삼지만, 그 후에는 심리 치료가 반드시 필요하다. 사람은 먹어야 사는데, 이 먹는 일에도 심리적 지지가 필요한 게 바로 거식증이다.

앞서 언급했던 K는 현재 건장한 몸을 갖고 있다. 그러나 늦은 시간에 음식을 먹기 어려워하고, 식사 후에는 언제나 많이 먹은 자신을 반성한다(절대 많은 양이 아니었음에도!). 자신이 선택해서 먹은 음식은 수용하는 편이지만 다른 사람이 음식을 권하면 곧바로 화를 낸다. K의 눈길이 닿는 곳에 음식을 놔두는 것도 싫어한다. 어머니가 식사 외에 간식(예를 들면 부침개나 토스트 같은 것들)을 만드는 것도 K의 화를 돋우는 일이다. 먹으면 살이 찌는데 어머니가 만들어 주신 거니 안 먹을 수가 없다. 그러니까 만든 것 자체가 잘못이라는 게 K의 논리다. 손을 입에 넣어 일부러 토하지는 않지만, 음식을 많이 먹으면 소화시키지 못하고 토한다. 수시로 뱃살을 주무르거나 꼬집는데, 그렇게 하면 조금이라도 배의 지방이 분해될 거라고 믿기 때문이다.

K는 더 이상 음식을 거부하지 않지만, 자신의 신체에 대한 K의 불만은 지속되어 왔다. 켜켜이 쌓인 그 불만은 세월의 옷을 입고 분노의 형태로 타인에게 향했다. K는 어디서든 살이 찐 사람들을 보면 꼭 한마디씩 비난의 말을 퍼부었고, 심지어 그들을 더럽고 냄새나는 존재로 여겼다. 이상형도 당연히 마른 여자이며, 일말의 뱃살도 용납하지 않는다.

저체중에서 벗어난 지 20년이 흘렀음에도 현재까지 이어지고 있는, 음식에 대한 자신만의 규칙과 체형에 대한 강박사고로 인해 K 자신이 괴로운지 아닌지 나는 알지 못한다. 그러나 나는 적어도 K가 거식증에서 완전히 자유로워졌다고 보기는 어렵다고 생각한다.

섭식장애를 겪는 동안 영양 부족으로 여러 내과적 질병에 시달리던 나는 음식을 섭취해 어느 정도 체중을 회복하는 것을 일차적 치료 목표로 삼았다. 그래서 우선 도달하겠다고 정한 몸무게가 45킬로그램이었다. 그 정도는 되어야 장시간 외출하거나 모임에 참석할 수 있고, 소소한 일이라도 맡아 사람 구실을 할 수 있을 터였다. 대학생 때 집착하던 숫자인 43을 넘어서는 것을 목표로 두면, 살찌는 것을 공포가 아니라 일종의 성취감을 주는 과제로 인식하는 데 도움이 될 것 같기도 했다. 그렇다면 45킬로그램이 된 다음은?

45킬로그램을 넘어서면, 아니 45킬로그램이 되기까지도 내가 얼마나 많은 번뇌에 시달리게 될지 잘 알고 있었다. 몸무게가 늘어날 때마다 운동 시간도 늘어날 것이고, 식단에 대한 고민도 늘어 갈 것이다. 가장 큰 두려움은 소화 기능이 제대로 작동해서 더 많은 음식을 먹을 수 있게 되었을 때, 그동안 외면해 온 식욕이 폭발하는 거다. 차라리 아무것도 먹지 않으면 허기는 지더라도 입맛은 떨어지지만, 조금이라도 음식을 섭취하면 배고픔이 참을 수 없는 지경으로 치닫기 때문이다.

마음에 생겨나는 그림자는 또 어떤가. 체중 조절을

위한 노력이 너무 힘들어서 살찐 사람들을 미워하게 될 수 있다. 뚱뚱한 것을 비판하며 내 노력을 인정받고 싶어 할 수 있다. K가 그랬듯이, 체중 조절을 못하는 자신에게 화나는 마음을 타인에게 돌릴 지도 모른다. K와 반대로 사실 나는 마른 체질로 태어나 뭐든 잘 먹는 사람들이 그렇게 밉다. 이렇듯 타인에게 향하는 미움과 분노는 때로 그 방향을 바꿔 나 자신을 향하기도 할 것이다. 작용과 반작용처럼.

물론 이런 고민을 하던 나는 여전히 심한 저체중이었다. 41킬로그램을 넘어서는 순간 큰 죄책감과 실패감, 불안감을 느껴 입맛을 잃었다. 병원에 가서 듣는 말은 진부하고 식상했다. 의사들은 세로토닌이나 프로작, 올란자핀 같은 약을 처방하며 식사량을 늘리고 운동할 것을 권유한다. 말이 쉽지 거식증 환자에겐 너무도 어려운 일이다. 하지만 의사들의 그 진부한 말이 유일한 답인지도 모른다. 완전 관해는커녕 부분 관해에 도달하는 것도 먼 이야기지만, 길은 있을 테고 나는 결국 도착할 거다.

답이 뭐든 결론이 어떻든 간에 일단은 체중을 늘리는 것에 집중하기로 하고, 오늘도 최선을 다해 먹는 일에 도전해 본다.

외롭지 않은 맛

숲속의 버터라고 불리는 아보카도를 여태까지 딱 세 번 먹어 보았다. 그 첫 경험은 기약 없이 길어지기만 하던 입원 생활에 지쳐 간신히 외출을 허락받은 날이었다. 마음 따뜻한 지인이 나를 부축해 광화문의 맛집에 데려가 주었다. 거리는 온통 연말 분위기로 반짝이고 있는데, 나는 옷을 잔뜩 껴입고 핫 팩을 몇 개나 갖고도 추위에 덜덜 떨고 있었다. 빌딩 5층에 위치한 맛집에 도착하기까지 우리는 몇 개나 되는 유리문들을 열고 북적이는 인파를 헤쳐야 했다. 자리에 앉았을 때는 이미 녹초가 되어 크리스마스 장식이 가득한 인테리어를 감상할 여유가 남아 있지 않았다. 지인은 고심 끝에 내게 아보카도 샐러드를 시켜 주었는데, 그때 나는 아보카도가 과일인지조차 모르는 상태였다. 날 위해 애써 주는 지인이 그저 고마워서 뭔지도 모르는 그것을 어떻게든 먹어 보겠노라고 속으로 다짐했다.

멕시코가 원산지라는 낯선 이름의 과일은 먹는 방법도 남다를 거라 생각되어 지인이 먼저 먹는 걸 보고서야 입안에 넣을 수 있었다. 혀끝에 닿은 아보카도의 식감이 그렇게 부드러울 수가 없었다. 아이스크림처럼 부드러워서 입안에 넣자마자 녹아서 사라지는 것 같았다. 굳이 씹지 않아도 고소한 풍미를 남기며 내 속으로 스며들었다. 식당 안에서도 외투를 벗지 못할 만큼 추워서 마음까지 얼어 있던 내게 아보카도가 따스한 온기를 불어넣어 준 것이다. 그제야 크리스마스 전구가 눈에 들어왔다. 노란 불빛을 받은 아보카도가 반짝이며 빛났다. 그렇게 아보카도는 '외롭지 않은 연말'의 맛으로 내게 기억되었다.

해가 바뀌고 아보카도 샐러드를 한 번 더 먹을 기회가 있었다. 그렇게 두 번을 먹고 나니 아보카도에 관한 글과 사진 들, '떠오르는 슈퍼 푸드'라는 광고 문구가 여기저기서 눈에 들어왔다. 그러던 어느 날, 나는 마트에서 직접 아보카도를 사 왔다. 그것이 세 번째로 만난 아보카도였다.

이 경험을 특별하게 여기는 이유는 자신이 대견했기 때문이다. 먹는 행위 자체를 거부하던 내가 스스로 먹고 싶은 걸 사 와서 먹었다는 것이, 단지 살찔까 봐 먹지 못해서 더 먹고 싶었던 과자나 햄버거가 아니라, 맛도 좋고 몸에도 좋은 과일을 온전히 섭취했다는 것이 그렇게나 기뻤다. 칼로리가 낮은 음식을 만들기 위해 고민하며 장을 보는 게 아니라, 그저 먹고 싶은 음식을 사 먹는 이 당연하고 간단한 일이 내게는 눈물 나게 대단하고 신기한 일이었다.

한동안 TV의 육아 프로그램들을 시청했다. 어린아이들이 밥을 먹는 모습을 보기 위해서였다. 아이를 먹이는 일이 부모의 가장 큰 관심사이자 기쁨이라는 사실이 내게 남다르게 다가왔던 것이다. 아이에게 식사란 아주 중요한 하루 일과이며 꼭 하지 않으면 안 되는 일이다. 자고 일어나면 자라 있는 어린아이들에게는 잘 먹는 것이 곧 하루를 보람 있게 보내는 일이라고 해도 과언이 아니다.

먹이고 먹는 지극히 일상적인 광경을 나는 공부하는 학생처럼 지켜보곤 했다. 먹을 것을 빨리 달라고 혹은 더 달라고 보채는 아이들, 맛있게 먹으며 즐거워하는 아이들, 그 모습을 보며 행복해하는 부모들을 보면서 내 머릿속의 어긋난 사고 퍼즐들을 새로 맞춰 나갔다. 밥을 먹어야 하는 게 비단 아이들에게만 해당하는 일은 아니지 않은가. 잘 먹는 것 자체가 저렇게 칭찬받을 일이며, 단순히 먹는 것을 넘어 맛있는 것을 먹고 싶어 하는 것 또한 인간의 본능이라고 계속해서 자신을 설득하는 거다.

어느 날부터 기름을 두르고 부친 계란 후라이를 먹게 되었다. 당도가 높아 멀리했던 딸기를 한 접시나 먹고도 토하지 않았다. 채소와 옥수수를 먹고 낫토를 더 먹었음에도 토하지 않았다.

나는 기계가 아니다. 먹는다고 해서 원하는 부위에만 살이 찌는 것도 아니고, 하루아침에 정상 체중이 되는 것도 아니다. 매일 꾸준한 노력이 필요하다. 잘하고 있다는 생각이 들다가도 음식이 더럽게 느껴지기도 하고, 내 장기를 모두 꺼내 세척하고 싶어서 괴로워하기도 하며, 피를 토할 만큼 게운 후 자괴감에 몸부림치기도 한다. 그럼에도 좌절하지 않으려고 노력한다. 어제보다 오늘, 조금 더 잘해 보자고, 아침마다 다짐한다.

그와 함께, 내가 한 일들 중 나를 사랑하고 아끼는 행동들을 적기 시작했다. 그런데 나를 사랑하는 일이라고 하면 너무 거창하고 모호해서 어떻게 해야 할지 감을 잡기 어려우니, 스스로에게 칭찬받을 만한 일들을 적는 것으로 했다. 내 의견을 주변 상황에 맞춰 바꾸지 않은 일, 작지만 갖고 싶었던 것을 자신에게 선물한 일, 햇빛을 받으며 산

책한 일, 하고 싶지 않은 일을 거절한 일, 상처를 치료하고 잘 돌본 일, 정성 들여 머리를 빗는 일, 그리고 아보카도를 사 먹은 일이 그런 일들이다.

매일 밤 잠들기 전에 마음껏 나를 칭찬한다. 그러면 다음날은 더 많이 칭찬받고 싶어지고, 반대로 내게 미안했던 일은 다시 안 하려고 노력하게 된다. 누구한테 관심 받기 위해서가 아니라 나 자신한테 칭찬받으려는 마음으로 하루를 보내니 나를 아끼는 일이 조금은 더 수월하게 느껴졌다.

아보카도를 아침마다 먹을 수 있다면 행복할 것 같다는 생각을 했다. 먹고 싶은 것이 생기고 그걸 매일 먹는 상상을 하다니, 정말이지 눈부신 발전이다.

정말 솔직히 말하자면, 술

폭식·제거형 거식증은 알코올 남용과도 밀접한 연관이 있다. 앞에서 말한 바텐더 언니처럼 평상시에는 절제하다가도 술에 취하면 자제력을 상실하면서 폭식한 후 제거 행동을 하는 유형이 많다. 그래서 알코올 사용 장애를 동반할 확률이 놓고, 나 역시 그렇다.

폭식·제거형 거식증이 폭식증과 다른 점은 현저한 저체중이다. 저체중을 만들고 유지하며 억압해 온 욕구들이 알코올을 만나 폭발한다. 겉으로는 식욕 자체를 부정하지만 내 몸과 무의식은 사실 그렇지 않다는 것이 증명되는 셈이다. 하지만 시간이 흘러 두 질환이 모두 심화될수록 음식 섭취 욕구가 먼저였는지 술에 대한 갈망이 먼저였는지 분간이 어렵게 된다.

내가 퇴원한 뒤 5~6킬로그램 정도 살을 찌웠다고 말했다. 솔직히 고백하건대, 지인들의 관심과 스스로의 노력 덕도 있었지만, 체중 증가 하나만 두고 본다면 단연코 술의 힘이 컸다고 말할 수 있다. 술에 취해서가 아니면 여전히 충분한 음식을 먹는 게 어려웠다. 술기운을 빌려서라도 먹는 일에 익숙해졌기 때문에, 술이 깨고 나서 다시 거부감 없이 먹을 수 있게 된 것이 사실이다. 하지만 이게 결코 건강한 방법이 아니라는 것도 이제는 인정해야만 한다.

최근 몇 년간 거식증이 악화되었지만 그 이전부터 술과 함께 일명 '폭토(폭식하고 토하는 일)'를 일삼아 왔다. 지금은 술이라도 마셔야 음식을 섭취하기 때문이라는 핑계를 대지만, 예전에는 외로움 때문에 먼저 나서서 술자리를 이끌거나 참석했다. 내 인생에서 음식보다 술의 가중치가 더 컸던 것이다.

흔히 술을 가리켜 '텅 빈 칼로리'라고 하는데, 열량은 높지만 비타민이나 무기질 같은 영양소는 없다는 뜻이다. 그래서 술은 빠른 속도로 분해되어 체내에 흡수되며, 가장 우선적인 에너지원으로 사용된다. 문제는 술과 함께 먹은 안주의 열량이 소모되지 못하고 그대로 몸에 저장된다는 것이다. 술자리를 끊어 낼 수 없던 나는 술을 마시기 때문에 더더욱 식사를 거부할 수밖에 없었다. 술을 마시는 날에는 제대로 된 식사를 전혀 하지 않거나 최소화해야 했다. 늘 하루치 칼로리를 계산하며 음식을 섭취했으므로 계획에 없던 술자리가 생기면 무척 괴로웠다. 게다가 한 해한 해 나이가 들어 갈수록 안주의 필요성이 절실해져서 언제까지고 츄파춥스만 빨며 술을 마실 수는 없었다. 그렇게 먹게 된 안주마저 토해 내 마음을 진정시키는 것이 당연한 수순으로 이어졌다.

어느새 내 모든 생활 패턴이 술에 맞춰져 있었다. 그날의 할 일을 모두 마치면 보상처럼 술을 마시고 싶어 했다. 언제 어디서 어떤 안주와 술을 마실지에 대한 생각이 머리를 떠나지 않았고, 술을 마시기 위해 약속을 잡았다. 정신을 차려 보니 나는 술 마시는 순간을 위해 하루를 사는 사람이 되어 있었다. 술로 얻는 이익이나 즐거움 때문이 아니라 그저 술 자체를 원하고 있었던 것이다. 그렇게 알코올에 대한 의존이 정도를 넘어섰다고 느낄 때쯤, 나는 당연히 이런 생각을 하게 되었다.

"술만 끊으면 밥도 먹을 수 있고, 건강하고 평범한 사람이 될 수 있을 거야. 술이 문제지. 술만 끊으면 돼."

그러나 그건 큰 착각이었다. 누군가 내게 술을 얼마나 자주 마시느냐고 물으면 일주일에 아홉 번을 마신다고 답하던 내가 약 5개월간 술을 한 방울도 입에 대지 않은 적이 있었다. 술을 마실 칼로리로 밥을 먹고 싶었다. 안주가 아닌 그냥 밥을 먹어 보는 게 소원이었다. 그러나 슬프게도 그러지 못했다. 술은 끊었지만 살찌는 것에 대한 공포는 버리지 못했던 것이다. 술만 끊으면 모든 게 해결될지도 모른다는 희망은 산산이 부서졌다. 입원을 해야 할 만큼 건강이 악화된 데에는 금주의 영향이 지대했다. 술마저 마시지 않자 체중이 급속도로 줄어들었기 때문이다.

한때 빡빡한 재수 학원 일정과 고된 알바를 마친 밤이면 종종 소주를 사서 집에 들어가곤 했다. 소주 한 병에 몇백 원이던 시절이었다. 소주가 든 검정 비닐봉지를 덜렁거리며 집으로 향하자면 입가에 절로 미소가 그려졌다. 집 앞 골목길 포장마차에 들러, "이모, 국물 많이 주세요"라고 외치면, 포장마차 사장님은 고작 어묵 두 개 혹은 염통 꼬치 1000원어치를 사가는 내게 넉넉한 어묵 국물은 물론 술을 너무 많이 마시지 말라는 잔소리까지 아끼지 않으셨다. 그분 얼굴을 뵙는 것만으로도 고향 집에 온 것처럼 마음이 푸근해지는 기분이 들었다. 그렇게 집에 도착하면 지지직거리는 브라운관 TV를 무심히 틀어 둔 채 어묵 국물에 소주 한 병으로 하루의 고단함을 풀곤 했다. 때로는 울기도 했으리라.

처음 술이 맛있다고 느낀 건 어묵 국물에 소주 한 병이면 세상을 다 가진 것 같던 그 시절이었다. 2000원이면 맛볼 수 있는 그 행복이 어쩌면 당시 내가 누릴 수 있던 유일한 행복이자 사치였을지도 모른다.

대학에 입학하고 난 뒤에는 이성에게서 받는 관심이 무엇보다 자극적이었다. 구애 행동은 술자리에서 특히 강렬했다. 그곳에는 혼자서 떠드는 TV가 아니라, 나와 눈 맞추고 대화하며 함께 건배해 주는 사람들이 있었다. 그들은 내게 친절하다 못해 나를 떠받들어 주기까지 했고, 그래서 내 못난 자존심을 높여 주었다. 술자리는 이런저런 세상 돌아가는 이야기, 내가 얼마나 힘들었는지, 너는 또 얼마나 고달팠는지를 나눌 수 있는 시간이기도 했으며, 내 돈으로 사 먹기 부담스럽거나 아직 접해 보지 못한 음식들을 경험할 수 있는 기회이기도 했다. 결국은 다 변명이지만, 나는 이런 부가적 이익에 길들여지고 중독되어 갔다.

어려서부터 사랑받고 존중받으며 자라 온 여자라면 이런저런 낯선 남자들을 만나는 술자리에 굳이 참여하고 싶지 않을지도 모른다. 오히려 이런 자리를 위험하다고 생각할 수도 있다. 그러나 나는 20대 후반이 되어서야 그런 사실을 깨달았다. 내가 호감도 관심도 없는 상대를 단지 외로움을 달래려는 목적과 술자리에서 얻는 이득을 위해 만나는 사람이라는 걸 알면서도 내게 술을 사 주는 남자들이 있었다. 그들과 어울리는 나를 지켜보던 지인이 이렇게 말했다.

"불쌍한 남자들한테 더 불쌍한 취급 받는 거야 너."

금주에 성공했을 때, 여태껏 살면서 이룬 그 어떤 일보다 강렬한 성취감을 느꼈다. 그만큼 힘들었다. 알코올에 대한 의존도가 높아서 단 일주일을 술 없이 견디는 것도 어려웠고, 정확히 2개월 내내 울지 않은 날이 없었다. 중독 문제로 정신병원에 입원하면 몸의 독소를 빼내기 위해 대개 2주 이상을 폐쇄 병동에서 보낸다고 한다. 혈중 알코올 농도가 정상화되는 데 최소 3일이 걸린다지만, 모든 독을 빼내고 금단 현상에서도 어느 정도 자유로워지려면 통계적으로 2주가 걸린다고 들었다. 나는 어떤 약물이나 의사의 도움도 없이 스스로의 의지만으로 금주를 했고, 그 첫 2주 동안 내 몸속의 알코올을 전부 몰아내는 과정에서 심한 감정 기복과 분노, 절망, 신체적 금단 증상을 이겨 내야 했다. 2주가 지나서도 술에 대한 유혹은 끝나지 않았고, 매 순간 흔들리지 않기 위해 마음을 다잡아야 했다.

그리고 몇 달이 지나 나는 다시 술을 마시기 시작했다. 내가 여기까지 온 과정을 아는 주위 사람들은 누구도 술을 마시지 말라고 쉽게 말하지 못한다. 이제 와서 술과 거식이라는 두 가지를 놓고 어느 것이 우선이며 더 중요하다고 비교하기 어렵지만, 굳이 순서를 따지자면 섭식장애가 먼저다.

술과 함께 먹는 안주의 칼로리와 영양소로 버텨 온 시간이 많았음을 다시 한번 고백한다. 취해서 이성을 잃을 정도가 되어서야 음식을 먹곤 했지만, 그렇게라도 먹다 보니 먹는 행위 자체에 대한 거부감이 점차 줄어들었다. 먹다 보니 맛있는 걸 풍족하게 먹고 싶다는 욕구를 인정할 수 있게도 되었다. 그러나 언제까지? 언제까지 이럴 수는 없었다.

어묵 국물에 소주를 마실 때만 해도 나는 필요에 의해 술을 이용하는 사람이었다. 그러나 어느 순간 술이 나를 이기고 정복하게 놔두었다. 어렵게 끊은 술을 갖은 변명을 늘어놓으며 다시 마셨다. 그건 전혀 건강한 방향으로 나아지는 게 아니었다. 술을 마셔서 살을 찌운다는 건 적장의 목을 치기 위해 내 두 팔을 내어 주는 것과 다를 바 없지 않겠는가.

그래도 나는 포기하지 않는다. 한때는 이런 이야기를 글은커녕 말로도 표현하지 못했다. 이렇게 글로 쓸 수 있다는 것에 희망을 느낀다.

상담과 약물 치료를
고려하는 이들에게

　긴 투병 생활 동안 여러 명의 상담사를 만났다. 나는 직접 상담을 공부하고 현장에서 일했던 사람이라 특수한 경우이긴 하지만, 피 같은 돈과 시간을 상담에 쏟아붓고도 상처 받았던 기억이 왕왕 있다. 내가 섭식장애로 인해 겪은 일들을 말하는데 마치 신기하고 재미있는 이야기를 듣는 듯한 태도를 보이는 사람도 있었다.

　대학원 주임 교수님이 들려주신 일화가 있는데, 요약하자면 가장 어려운 케이스를 가장 연차가 낮은 학생에게 맡겼다는 이야기다. 그 이유는 '진심'이었다. 갖은 상담 기법이나 화려한 기술을 떠나, 상대를 위하는 진실한 마음과 열정이 최고의 약이라는 말씀.

　비교적 최근에 새로 만난 상담사는 첫 시간부터 매우 열성적이었다. 지쳐 보이는 기색에도 불구하고 나를 향한 걱정과 관심만큼은 상담실을 가득 채우고도 남았다. 보통 상담 초반에는 내담자가 그동안 어디서도 말하지 못한 이야기들이나 쌓아 온 감정들을 봇물 터지듯 쏟아 내느라 상담사보다 더 많은 말을 하게 된다. 그런데 이번에는 1회기부터 상담자와 내가 말하는 비율이 크게 다르지 않을 정도로 상담사의 말이 많았다. 그렇다고 그게 내 말을 가로막거나 과도하게 느껴지진 않았다.

상담사가 말이 많았던 것은 나에 대한 질문이 끊임없이 이어졌기 때문이다. 소개팅에서 상대에게 많은 질문을 받으면 그만큼 상대가 내게 관심이 있다는 뜻으로 느껴지는 것과 비슷했던 건지도 모르겠다. 혹은 이런 식으로 나를 이끌어 주는 상담사를 원했던 것일 수도 있다.

대개 상담실에 앉으면 나는 꿀 먹은 벙어리가 된 듯 어디서부터 이야기해야 할지 도통 감을 잡기 어려웠고, 그렇게 침묵으로 시간을 보낼 때마다 속으로 몹시 분노했다. 답답한 자신에게 화가 났을 뿐 아니라, 무심히 흐르는 시간이 야속했고, 방치당하는 느낌을 받게 한 상담사가 미웠다. '저 자리에 앉아 그냥저냥 시간을 때우면 돈이 나올 거라고 생각하는 건 아닐까' 하고 의심했다.

첫 상담을 마치고 돌아가는 나를 미소 짓게 한 건 이 상담사가 유일했다. 50분의 시간이 불꽃 튀는 신경전이나

기 싸움 따위 없이 상담자의 열정과 진심으로 가득했다. 내가 아픔을 지녔던 시간이 길기에 단기간에 모든 걸 바꿀 수 없다는 건 상담자도 나도 동의하는 바였다. 내게 아주 작은 것이라도 긍정적인 변화가 있길 바란다는 말을 상담사는 여러 번 반복해서 전했다.

이 분과 잘해 보고 싶다는 생각이 들었다. 내가 상담을 모두 마치고 달라진 모습으로 돌아갈 때에 상담사도 웃을 수 있기를 바랐다.

상담 방식에서 무엇이 옳고 틀리다고 단정하긴 어렵다. 어떤 상담이 더 좋고, 어떤 상담이 더 질이 낮다고 말할 수도 없다. 분명한 건 자신에게 맞는 상담사를 만나야 한다는 것이고, 결론적으로 심리 상담은 내 섭식장애 치료에 긍정적인 영향을 미쳐 왔다는 이야기를 하고 싶다.

때로는 상담 시간이 무의미하다고 느껴지는 날에도 나는 빠짐없이 시간을 지켜 상담을 다녔다. 일주일에 한 번 외출할 이유가 생기는 것에 의의를 두기도 했고, 어찌 되었든 나를 돌보는 일을 하고 있다는 사실 자체에도 위로를 받았다. 그리고 이번에는 상담사에게 조금이라도 나아지는 모습을 보여 주고 싶다는 생각을 했다. 쓸모없는 상담은 없었다. 상처 받았던 순간도 있지만, 내가 지나 온 모든 상담은 나름의 역사와 의미를 갖는다. 적어도 벽을 보고 이야기하는 것보다는 나았을 테니까. 내 입을 거쳐 문장이 된 과거는 그렇게 말로 꺼내지기 위해 최소한 한 번은 내 마음과 머릿속에서 정리가 되어야 했을 테니, 그것만으로도 이미 의미가 있다고 할 수 있지 않을까.

또한 상담이란 상담사가 아무리 좋은 걸 주려고 해도 내담자가 받지 않으면 소용이 없다. 마치 사랑과 같다. 내담자에겐 타이밍이란 게 있어서. '그때'가 오지 않으면 '아!' 하고 깨달을 수가 없다. 그렇다고 준비가 안 된 내담자에게 상담사가 해 줄 수 있는 게 아무것도 없는 건 아니다. 씨앗을 심고 물을 뿌리는 일이 상담자의 역할이다. 내담자의 마음에 씨앗이 심어졌다고 해서 곧바로 꽃을 볼 수는 없다. 혹시 꽃을 보았다고 해도 그게 누가 심은 씨앗에서 나온 것인지는 모른다. 내담자에게는 씨앗을 뿌리고, 햇빛을 비춰 주고, 바람을 불어 주는 지인이나 가족, 다른 상담사도 있으니까. 그런 의미 있는 역할을 해 줄 지지자를 한 명이라도 더 두는 건 어쨌든 힘이 나는 일 아닐까?

스스로 컨트롤할 수 있는 범위를 넘어섰다면 언제든 전문가의 도움을 받길 바란다. 좀 더 단기간에 좋아지고 싶다면 약물 치료 역시 고려해야 할 방법이다. 약물 치료를 받게 되면 초반에 최소 몇 주에서 몇 달에 걸쳐 의사와 함께 자신에게 맞는 약을 선별해 나간다. 내 정신과 호르몬 상태에 맞는 용량, 내 생활 습관에 맞춘 용법, 그리고 무엇보다 내게 가장 부작용이 덜하면서도 도움이 되는 약물을 찾는 과정이다. 이 과정은 결코 짧지 않지만 그 효과는 크다. 그러니 포기하지 않고 도전하길 권한다. 약과 상담을 병행하면서 자신의 몸과 마음의 소리에 귀 기울인다면 분명히 눈에 띄는 효과를 볼 수 있다.

나는 알람을 설정해 가며 약을 꼬박꼬박 챙겨 먹고 마음 챙김 명상을 하고 상담을 받는다. 이는 병원 치료 자체에 회의적이었던 내게 엄청난 변화다. 약으로 내 호르몬과 신경계를 조절할 수 있을 거라는 믿음이 생겼다. 십 년 넘게 정신과를 들락거렸음에도 예전에는 이런 믿음을 갖고 다닌 적이 없었다. 지금은 믿고 싶다. 그래서 믿는다. 내 그림자에 더는 지지 않을 거라고, 약이든 상담이든 그 무엇을 통해서든 내 그림자를 내가 컨트롤할 수 있는 사람이 될 거라고.

사랑이 없다면 치료는 무용지물이라고 생각해 왔지만, 누군가 사랑을 주어도 받지 못하면 그거야말로 무용지

물이다. 그래서 사랑 이전에 망가진 내 몸과 뇌를 치료하는 걸 처음으로 목표로 두었다. 이것은 내가 가 보지 않은 방향이자 새로운 희망이다.

흉터로 슬픔을 잴 수는 없겠지만

　내 전신에는 수많은 흉터가 있다. 자살 시도와 자해, 그리고 어린 시절 학대의 흔적이 고스란히 몸에 남았다. 병원이나 상담소를 방문할 때면 의사나 상담사에게 꼭 듣는 질문 중의 하나가 흉터에 관한 것이다. 그들은 내 흉터를 꼭 눈으로 확인하려고 한다. 그때마다 나는 기분이 썩 좋지 않다. 시간이 흐르면 상처는 아물고 흉터는 옅어지기 마련이다. 흉터의 겉면만 봐서는 그 자리에 존재했던 상처의 깊이를 가늠할 수 없다.

　한 번은 답답한 마음에 의사에게 물은 적이 있다.

　"흉터로 저를 평가하시는 건가요? 흉터의 정도가 제 위험도를 나타내기 때문인가요? 새로 생긴 자해 상처를 보고 제가 어떤 상태인지 아시나요?"

　나는 그런 식의 평가가 얼마나 무의미한지 너무도 잘 안다. 곪아서 생긴 상처, 피고름 주머니를 차고 있던 자

146

국, 낚시 바늘에 걸려 휘저어진 자리, 치료 시기를 놓쳐 덧
난 상처, 부러지고 또 부러졌으나 방치됐던 코뼈와 엉덩이
뼈, 부러지고 금이 간 치아, 화상으로 인한 진물에 들러붙
은 거즈를 뗄 수조차 없던 피부까지, 내 몸에는 다양한 상
처의 역사가 새겨져 있다. 운이 좋아서 정밀한 수술을 받
은 것이 있는가 하면, 바쁜 응급실에서 의료용 스테이플러
로 순식간에 봉합당한 상처도 있다. 그런데 우습게도 끊
어진 힘줄이나 신경을 잇는 것과 같은 복잡하고 어려운 수
술이 비교적 단순한 피부 봉합보다도 더 작은 흉터를 남긴
다. 물론 그 대신 훨씬 큰 고통과 후유증을 남기지만 말이
다. 그러니 어떤 흉터가 더 치명적이고 깊은 상처였는지는
외과 의사조차도 차트를 보지 않고서는 분간하기 어렵다.

　　내가 정말 화가 나고 서러웠던 건 흉터의 크기와 개수
로 내 슬픔을 가늠하려는 태도였다. 흉터가 곧 내 정신적
고통을 재는 척도가 되는 것이 나를 억울하고 수치스럽게
만들었다.

　　섭식장애를 직접 겪었거나 섭식장애에 대한 깊은 식
견이 있는 상담사를 아느냐는 질문을 종종 받는다. 그렇지
않은 상담사를 찾아가면 오히려 더 상처 받고 오지 않느냐

는 질문과 함께. 섭식장애를 전문으로 다루는 상담사가 드문 현실에 아쉬움과 답답함이 드는 것은 이해한다. 하지만 우울증을 상담한다고 해서 꼭 우울증을 앓았던 경험이 있어야 하는 건 아니고, 다른 정신 질환도 마찬가지다. 가족 중에 특정 질환을 앓는 환자가 있다거나, 나름의 사명감을 갖게 된 개인적인 이유가 있을 수 있지만, 그게 좋은 상담사의 필수 요건은 아니다.

그런데도 왜 섭식장애 이력을 지닌 상담사를 그토록 원하는 걸까? 흉터를 보여 달라는 의사들 앞에서 내가 서러움을 느꼈던 이유와 섭식장애 전문 상담사를 찾는 이유가 같은 것은 아닐까? '내 아픔과 슬픔을 너희들이 얼마나 아느냐'는 마음. 내가 느끼는 고통에 대해 온전히 이해받고 공감받고 싶은 마음 말이다.

섭식장애 환자들은 이 병을 가졌다는 사실만으로 엄청난 수치심을 품는다. 사람이 살아가는 데 가장 중요하고 기본적인 욕구를 평범하게 실현하지 못한다는 것에서 이미 자존감이 심각하게 훼손된 상태다. 그래서 드러난 것 이상으로 숨어 있는 환자 수가 많고, 먹토(먹고 토하는 일)나 폭토를 하는 환자들은 더 깊이 숨어 지낸다. 고통은 나날이 커지는데, 누구한테 아프다고 맘 편히 털어놓을 수도 없고, 때로는 비난의 손가락질도 감당해야 한다. 이 와중에 상담사에게조차 상처 받을까 봐 주저하게 되는 마음은 섭식장애의 공포를 겪어 본 사람이라면 모를 수가 없다. 병을 앓는 것만으로도 괴로운데 사회에서 죄책감까지 심어 주니, 정말 아무도, 심지어 의사나 상담사마저도 나를 이해하지 못할 거라는 불신이 생긴다.

나는 누가 봐도 심각하다고 할 만한 흉터들을 가졌음에도 그 안에 담긴 고통을 남들이 못 알아볼까 봐, 내가 아파하며 보낸 수없는 날들이 흉터 하나로 평가될까 봐 억울하고 서러웠다. 여전히 이렇게 아픈데, 상처가 아문 것만 보고 내 말은 들어 주지도 않을까 봐 말이다.

그러나 나는 또한 알고 있다. 내 흉터 하나하나가 내 병의 심각성에 대한 증거이며, 따라서 의사나 상담사에게 꼭 필요한 자료라는 것을. 아무도 내가 꾀병 부린다고 생각하지 않는다는 사실도.

섭식장애 전문이 아니더라도 어떤 의사든 상담사든 섭식장애 환자를 죄인으로 보지 않는다. 이 병이 초래하는 고통이 얼마나 대단한지, 환자의 삶이 얼마나 살아 있는 송장 같은지 그들은 이미 안다. 적어도 알기 위해 마음을 열고 경청한다. 그들의 진심을 받아들이고 전문성을 믿는 것은 오로지 환자의 몫이다. 오고 가는 대화 속에서 받는 상처는 누구와의 관계에서라도 생길 수 있는 일이니까, 그 것을 말로 꺼내 상담사와 풀 수만 있다면 문제가 되지 않 는다고 생각한다.

섭식장애를 겪어 본 상담사라면 그 경험 덕분에 환자에게 더 깊이 공감할 수 있겠지만, 그런 긍정적 측면 외에 무시할 수 없는 부정적 측면도 있다. 우울증을 예로 들자면, 우울증 경험이 있는 상담사가 우울증 환자를 맡는 일은 역전이의 위험을 갖는다. 쉽게 말해, 상담사가 내담자를 보면서 자신의 상처가 떠올라 상담이 올바른 방향으로 가기 어렵다는 뜻이다. 아무리 상담사가 이미 자기 상처에서 벗어났다고 해도, 괴로워하는 내담자를 보며 답답해서 자기도 모르게 화를 낸다든지, 성급하게 진도를 나간다든지, 혹은 안타까운 마음에 사적인 만남을 주선하는 등 과잉 관여의 유혹에 빠질 수도 있다.

결국은 다 장단점이 있는 상황이다. 그렇다면 갖가지 이유를 들며 상담과 치료를 미룰 것인가? 아니면 부딪쳐 보겠는가?

선택은 각자의 몫이다. 다만, 타인에게 이해받고 싶

은 만큼 내가 나를 안아 주자. 그랬구나, 얼마나 힘들었니, 괜찮아 하고. 이 세상에서 나를 가장 잘 이해할 수 있는 사람은 바로 나니까.

수치심에 지지 않기

우리 집에서 가장 깨끗한 곳은 화장실이다. 하루에도 몇 번씩 화장실을 청소하고 저녁에는 긴 시간을 들여 눈에 보이지 않는 곳까지 닦는다. 내가 토한 음식물 자국이 찌든 때가 되지는 않을지, 보이지 않는 곳에 튄 음식물이 악취를 풍기지는 않을지 언제나 마음 졸인다.

사람은 가장 부끄러워하고 감추고 싶은 것을 역설적으로 가장 깨끗하고 반듯하게 유지하려고 하나 보다. 감히 부정적인 상상조차도 할 수 없을 만큼. 나는 아직도 거식증을 앓는다는 사실을 인정하기 어렵고 그중에서도 제거형 거식증이라는 사실에 크나큰 수치심을 느낀다.

사전에서 '수치'는 '다른 사람들을 볼 낯이 없거나 스스로 떳떳하지 못함'을 뜻한다. 수치심은 존중받지 못하거나 거부당하고 조롱당하는 것, 당혹감, 굴욕감, 치욕스러움, 수줍음 등을 모두 포함한 정서다. 종종 수치심과 함께

거론되는 '죄책감'은 '저지른 잘못에 대하여 책임을 느끼는 마음'이라고 정의되며, 후회나 뉘우침을 포함한다.

마리오 제이코비Mario Jacoby는 죄책감이 하지 말았어야 할 일을 하거나 했어야 하는 일을 하지 않아서 느끼는 정서이므로 당위 법칙, 선악의 문제, 양심과 관련된다고 했다. 그에 반해 수치심은 반드시 비윤리적인 행동에 대한 반응은 아니며, 수치심을 느끼는 사람은 자기 잘못이 아닌 것을 부끄러워할 수 있다. 예를 들어 머리카락 색이나 체형, 출신 집안이나 민족 등 자기가 선택하지 않았거나 책임질 수 없는 상황에 대해서도 열등감을 갖고 부끄러워하는 것이다.

제이코비에 따르면 수치심은 자신의 존재가 평가 절하될 때에 발생하며, 이로 인해 자존감의 상실을 동반한다. 결국 수치심의 핵심은 '자기 가치'다. 자기 가치에 대한 확신이 부족할수록 다른 사람의 의견을 중요시하게 되고, 아주 작은 거부 신호에도 민감하게 반응한다.*

나만 하더라도 자기 확신과 자존감이 낮은 상태에서 여러 사회적 기준에 나를 구겨 넣으며 섭식장애가 시작되

---

* Mario Jacoby, *Shame and the Origins of Self-Esteem*, Routledge, 1993.

었고 점차 그 강도가 심해졌다. 남들이 나와 내 병에 대해 갖는 수많은 선입견들 속에서 내가 느끼는 수치심은 나날이 거대해져 갔다. 학대, 가난, 비행 청소년, 여성, 그 외에도 내가 선택할 수 없었고 내 잘못이 아닌 무수한 상황들 앞에서 열등감이 치솟았다. 그나마 유지하던 자존감은 섭식장애를 앓으면서 더욱 낮아졌고 주변의 말들에 더 쉽게 흔들렸다. 수치심은 문제와 상처를 해결하고 치유하기보다는 꽁꽁 싸매고 숨기기에 급급하게 만들었다.

섭식장애뿐만 아니라 알코올 중독, 약물 남용, 경계선 성격장애, 우울증, 나르시시즘, 자살, 학대 등 여러 정신 질환과 심리적인 문제가 수치심과 관련되어 있다는 연구 결과가 급증하고 있다. 이미 수치심을 느껴 자기 가치가 바닥인 환자라면 병을 치료하는 과정에서 더 큰 수치심과 맞닥트릴 수 있다는 점을 결코 간과해서는 안 된다. 나 역시 지금까지 남들의 가치 기준에 충분히 휘둘리며 살아왔는데, 자신을 사랑해 주기에도 시간이 부족한데, 치료를 마음먹고 나서도 수치심에 허우적거리는 내 모습에 화가 나곤 했다.

섭식장애를 비하하는 타인의 공격에서 받는 수치심만을 말하는 것이 아니다. 집에 놀러 온 지인이 화장실을 쓴다고 하면 내가 토한다는 사실을 들킬까 봐 불안과 긴장감이 든다. 아무도 내 냉장고를 열어 보지 않았으면 좋겠고, 내가 밥 먹는 모습을 보지 않았으면 좋겠다. 너무 마른 나를 (나만의 상상인 경우가 많지만) 부끄러워하는 지인과 다닐 때나, 토한 후 거울에 비친 내 모습을 볼 때, 그 외에도 아무도 중요하게 생각하지 않지만 나 혼자 확대 해석하고 부끄럽게 생각하며 발을 동동 구르는 상황들이 셀 수 없이 많다.

섭식장애는 누가 봐도 내가 선택한 일 같았고, 어떤 눈물겨운 과거를 지나왔든 간에 거식증을 앓는 자신이 부끄러웠다. 간질 환자가 있다고 해 보자(간질 환자를 비하하려는 의도는 아니다). 간질 발작을 할 때마다 환자는 물론 주변인들도 몹시 힘들어 하지만, 그렇다고 환자를 탓하지는 않는다. 그러나 섭식장애 환자의 주변인들 혹은 잘 모르는 사람들조차 암암리에 환자를 탓하곤 한다. 모든 것이 내 탓 같았다. 나 자신을 부정당하고 업신여겨도 되는 존재로 느꼈다.

그러나 내가 어떤 병을 앓고 있다고 해서 그 병이 곧 내가 되는 건 아니다. 병 때문에 내 존재 자체를 부정당할 이유는 어디에도 없다. 힘겨운 치료 과정을 통과하면서 수치심이라는 또 하나의 복병에 굴복하고 싶지 않다. 적어도 나만은 내 잘못이 아니라고, 그러니 부끄러워할 필요 없다고 내게 말해 주려 한다. 나를 판단할 수 있는 사람은 나 자신뿐이니까.

'너는 잠시 아픈 것뿐이야. 그게 네 잘못은 아니야.'

독립과 고백은 신중하게

섭식장애를 앓고 있다면 치료 방법 못지않게 깊이 고민해 봐야 할 것이 독립과 고백이다. 이 두 가지에 대해 고민하는 섭식장애 동지들을 여럿 본 적이 있다. 고민한다는 것은 강요당하거나 그럴 수밖에 없는 상황에 처한 게 아니라, 자신에게 충분히 선택권이 있다는 뜻이다. 그런 상황에 한에서 독립과 고백에 대한 내 생각은 이렇다.

가족이라는 지옥 혹은 방패

각종 정신 질환을 앓게 되는 요인들을 하나씩 파헤치다 보면 그 중심에 가족 문제가 자리 잡고 있는 경우가 흔하다. 직장이나 학교에서의 스트레스, 개인적 취약성 같은 이유도 크지만, 유전적 요인이나 가족 간 소통 부재, 가

정불화 같은 이유도 무시할 수 없다. 섭식장애 하나만 놓고 보더라도, 외모에 대한 자격지심이나 미디어의 현혹만이 이 병의 원인은 아니다. 부모와의 갈등 속에서 음식을 거부하는 행동으로 자신의 분노를 표출하기도 하고, 가족의 보살핌과 관심을 얻기 위해 밥을 먹지 않기도 한다. 가정 폭력이라는 트라우마에 여러 다른 요인이 접목되어 음식에 집착하게 될 수도 있다.

이런 이유로 섭식장애를 겪는 사람들은 가족과 함께 있는 것이 지옥처럼 괴로워서 독립을 갈망한다. 가족에게 받는 스트레스가 섭식 문제를 더 악화시킨다고도 말한다. 이들에게는 독립이 답이 될 수 있다. 처음부터 완전한 독립이 어렵다면 일시적으로 가족과 떨어져 지내는 방법도 있다. 다시 가족에게 돌아가더라도, 서로 떨어져 시간을 보내 보는 것은 의미 있는 일이다.

그러나 이런 경우를 제외하고, 나는 독립이 섭식장애 환자에게 매우 위험하고 조심스러운 일임을 확고히 말한다. 옆에서 제한선을 정해 주는 것이 얼마나 소중한지 알고 있어서다.

관계를 새로 맺기는 어렵고 그걸 유지하기는 더 어렵다. 서로 알아 가면서 불편한 것들을 맞추고 조정하는 데에 얼마나 많은 에너지가 드는지 알게 되면서부터 새로운 인연과는 어느 정도 거리를 두게 된다. 어릴 때 친구가 평생 간다는 말은 그런 이유 때문일 거다. 물보다 진한 피 때문인지 몰라도, 지지고 볶고 싸우면서도 끝까지 포기하지 않고 마지노선이 되어 주는 게 가족이다. 상담에서도 내담자에게 동거 가족이 있는지, 가족 구성원 중에 내담자를 지지해 주는 사람이 있는지를 중요하게 평가한다.

물론 가족이 지지가 되기는커녕 고통의 근원이라면 가족과의 관계에 쉼표나 마침표를 찍어 주는 게 맞다. 아무리 천륜이라고 한들 끊어야 하는 인연도 있는 법이니까. 내 경우가 그렇듯이 말이다. 중요한 건 자신이 독립을 원하는 이유가 정말로 가족이 내게 지옥을 선사하기 때문인지, 아니면 단지 가족으로부터 제재를 받는 것이 숨 막혀서인지 분명히 구별할 수 있어야 한다는 거다.

섭식장애가 깊어질수록 가족과 함께 지내기가 괴롭고 싫을 것이다. 가족들 눈을 피하기가 여간 어렵겠는가. 집이 비는 시간을 기다리고, 구토한 후 냄새를 체크하고, 먹고 남은 과자 봉지를 숨길 것이다. 때로는 화장실로 달려갈 수 없어 집 밖 하수구를 찾아다닐지도 모른다. 섭식장애를 가족에게 들키고 나면 '먹어라'와 '먹지 않겠다'의 전쟁을 치러야 할 것이다. 그러나 이런 전쟁과 다툼 들은 당장은 나를 괴롭히는 것처럼 보여도, 결국에는 나를 마지막까지 지켜 주는 방패가 될 수 있다. 진짜로 나를 갉아먹는 건 나 자신의 잘못된 생각과 행동이다. 가족들이 나를 제재하는 행동을 멈춰야 하는 게 아니라, 내가 나의 잘못된 행동을 멈춰야 한다. 그러면 전쟁 또한 멈추게 된다.

앞서 말한 두 가지 중 자신이 어느 쪽인지를 분명히 한 뒤에 독립을 선택했다면, 그 선택에 책임을 져야 한다. 처음에는 자유를 느끼겠지만 제한선 없는 삶은 순식간에 나를 바닥으로 내리꽂을 수 있다. 혼자 사는 생활에는 눈치 보지 않는 폭식, 24시간 언제든 드나들 수 있는 화장실, 자유로운 약물 남용 등 여러 치명적인 위험이 도사리고 있다. 좌절의 밑바닥에서 맞닥뜨리게 될 현실의 불안과 미래에 대한 두려움. 그곳에서 나 혼자 힘으로 일어서야 한다는 것도 알아야 한다. 그와 더불어 독립은 내 질환에 대한 변명 혹은 핑곗거리 하나를 잃어버리는 일이 될 수도 있다. (여기서 내가 아픈 것이 정말 가족 탓인지 아닌지는 중요하지 않다.) 가끔은 이런 변명이나 핑계가 나를 간신히 지탱해 주기도 하는데, 이걸 잃는다는 건 기댈 벽 하나가 사라지는 것과 같다. 힘들게 독립을 이뤘는데 아직도 섭식장애의 늪에서 벗어나지 못한다는 죄책감을 떠안게 될 수도 있다.

반드시 독립을 해야만 하는 상황이 아니라면, 괴롭고 힘들더라도 가능한 한 가족 안에서 힘들어하라고 말하고 싶다. 함께 만들어 가는 관계는 그게 누구와의 관계든 쉽지 않다. 웬만하면 가족이라는 방어벽 안에서 가족과 함께 섭식장애라는 병에 대해 배워 가며 힘을 합쳐 맞서길 권한다.

고백의 득과 실

내가 섭식장애를 앓고 있다는 사실을 지인들에게 알린 시점은 직장 퇴사와 맞물려 있다. 당시 하고 있던 모든 걸 멈추고 싶었는데 그럴 용기가 없어서 차라리 몸이 쓰러져 주길 바랐다. 섭식장애는 퇴사에 대한 합당한 핑곗거리가 되었다. 물론 더 이상 숨길 수 없을 정도의 몸 상태이기도 했다. 병을 고백하는 것의 첫 번째 장점은 이거다. 내가 벌여 놓았던 일들과 사회적 과제들, 현실의 부담감에서 도망갈 구멍을 만들 수 있다는 것. 이 병을 숨기기 위해 그토록 전전긍긍하며 살았던 걸 생각하면 조금 허탈하기는 하지만 말이다.

"나 아픈 사람이야. 그러니 이런 결정을 내린 내 마음을 이해해 줘. 조금 쉬어도 되지 않을까?"

나는 다수의 사람들에게 '허락'을 받고 싶었다. 쉬는 것조차도 그렇게 남들의 시선을 신경 썼다. 내 몸을 망가트리는 대가를 치르면서.

고백의 두 번째 장점은 진심으로 나를 지지해 주는 사람들을 얻은 것이다. 섭식장애를 운운하며 내게 상처 줬던 사람들이 수도 없이 많다. 그러나 끝끝내 내 곁에 남아서 나를 믿어 주고 용기를 주고 스스로를 사랑할 수 있게 가르쳐 준 사람들도 있었다. 용기 내어 고백한 덕분에 그들을 만났다. 그들 덕분에 어렵게 한 발짝씩 앞으로 걸을 수 있었다.

단점은 장점에 비해 많았다. 일단 나를 환자로 인식한 지인들은 예전 같으면 별것 아닌 일들도 전부 섭식장애와 연관시켜 유난스럽게 생각하기 시작했다. 예를 들어, 누군가가 "나는 추위를 많이 타"라고 하면 그냥 말 그대로 '추위를 많이 타는 사람이구나'라고 생각할 테지만, 내가 그런 말을 하면 '거식증 환자는 정말 추위를 많이 타는구나' '안 먹으니까 추운 거지'라고 생각한다. 그들은 나를 나라는 사람 자체가 아니라 '섭식장애를 앓는 나'로 봐 주었다. 섭식장애 환자라는 선입견이 생겨 버린 거다.

두 번째 단점은 타인에 의한 아웃팅이다. 내가 밝힐 마음이 없었던 지인은 물론이고 새로 만나게 되는 사람들마저 내 정신 질환 이력을 알게 되는 경우가 부지기수였다. 그럴 때의 절망감과 당혹감은 이루 다 말할 수가 없다.

세 번째 단점은 정신병자로 낙인찍히면 사람들이 내 말을 웬만해선 믿어 주지 않는다는 것이다. 내가 뭘 해도, 무슨 말을 해도 '정신병자' 이 한 단어로 게임이 끝난다.

나는 주변에 섭식장애를 고백한 일이 득보다 실이 더 컸다고 생각한다. 장점과 단점의 무게감이 다르다. 단점 쪽이 훨씬 크고 무겁게 느껴진다. 그러니 나처럼 한 번에 모두에게 알리기보다는, 믿을 만하고 힘이 되어 줄 한두 명에게 먼저 조심스럽게 고백하는 것을 추천한다. 강력한 지지자가 되어 줄 가족이나 가까운 지인에게 알리는 것은 매우 현명한 일이지만, 관심이 필요해서, 충동적으로, 혹은 다른 일에 대한 변명을 삼기 위한 이유로 고백하는 것은 재차 고민해 봐야 할 일이다.

궁극의 치료 조건

현재 나는 입원 당시보다 15킬로그램을 증량했다. 이렇게 눈에 띄는 변화를 이루기까지 앞서 말했던 여러 조건과 방법이 필요했다. 그중에서 가장 중요했던 세 가지 조건을 정리하며 섭식장애 치료 과정에 관한 긴 이야기를 마무리하려 한다.

첫째는 수도 없이 중요하다고 강조했던 동기다.

희망을 갖고 치료를 받겠다는 진심, 누구를 위해서든 어떤 목표가 생겨서든 혹은 그저 자신을 위해서든 변화하고 싶다는 마음을 가져야 한다. 동기가 없다면 치료는 시작도 할 수 없다. 입원 치료를 받는다고 해도 효과가 그때뿐이거나 혹은 상태가 더 나빠질 수도 있다. 약물 치료도 환자 본인이 의지를 갖고 약을 먹지 않으면 소용이 없다. 반대로 확고한 동기가 있다면 치료는 이미 절반이나 이루어진 것과 다름없다. 나는 '혼자이고 싶지 않다' '나를 사랑하는 사람이 되고 싶다'라는 동기 덕분에 치료를 시작할 수 있었다. '혼자이고 싶지 않다'라는 마음은 시간이 흐르면서 '혼자여도 괜찮은 사람이 되고 싶다'라는 것으로 발전했고, 나를 사랑하는 사람이 되겠다는 목표는 여전히 진행형이다.

나를 사랑하는 사람이 되기 위해선 무엇보다 굶거나, 폭식하거나, 먹고 토하는 것과 같은 다양한 자해 행위를 멈춰야 했다. 확실한 동기와 목표가 있었기에 마른 몸을 유지하고 싶은 욕구보다 자해를 그만두는 일을 우선순위에 둘 수 있었다.

이외에도 병원에 가서 약물을 처방받고, 상담사에게 상담을 받았으며, 미술 자가 치료와 명상을 했다. 내가 왜 이렇게 되었는지 과거를 탐색했고, 아프지만 수용하는 단계를 거쳤다. 그 모든 것에 낫고 싶다는 진심이 담겨 있었다. 상담에 참여하는 행동 자체가 날 사랑하는 일에 해당된다고 믿었고, 내가 삼키는 약물이 날 구원할 거라고 믿었다. 과연 그럴까 싶은 의구심이 들 때에도 멈추지 않았다.

둘째는 무조건 먹기다.

처음에는 토하더라도 먹는 것에 중점을 뒀다. 그동안 못 먹어 본 각종 배달 음식, 자극적인 요리들을 먹었다. 죄책감과 불안감에 백퍼센트 토할 걸 알았지만 그래도 먹는 게 더 중요했다. 이게 익숙해지면 음식에 대한 부담감이 줄어들게 되고, 나중에 식단을 조절할 때에도 좀 더 많은 음식을 먹을 수 있게 된다.

아무런 의심 없이 배고프면 입을 벌려 먹을 것을 요구하는 아이처럼 먹었다. 언제나 성공하진 못했지만 계속해서 노력하다 보니 한 번이 두 번으로, 두 번이 세 번, 네 번의 성공으로 이어졌다. 예전에는 하루에 사과 하나도 힘들었는데 이렇게 먹고 보니 그 정도는 우스운 수준이 되었다.

토한다고 해서 먹은 것을 전부 제거할 수는 없으므로 점차 살이 찌게 되어 있다. 게다가 나는 술까지 마시는 사람이다. 술과 함께하는 폭식은 더 높은 칼로리를 제공해서 체중이 급속도로 늘었다. 이렇게 늘어난 체중에는 어떻게 대처했을까?

불어난 살을 칼로 오려 내고, 다시 거식에 들어가고 싶은 마음이 가득했다. 그러나 다음의 세 번째 조건 덕분에 가까스로 치유의 길에 남을 수 있었다.

셋째는 바로 주위 사람들의 격려다.

이 조건은 누구나 쉽게 가질 수 있는 것이 아니므로 말하기 조심스러운 면이 있다. 그러나 이 마지막 조건이 없었다면 나는 이만큼까지 거식증을 이겨 내지 못했을 거다. 환자의 주변 사람들 중 단 한 명이라도 환자의 곁에서 '괜찮다'고 말해 주는 사람이 필요하다. 그것도 수천 번에 걸쳐 말해 줄 수 있어야 한다. 내가 섭식장애의 늪에 빠진 것도, 그 늪에서 나온 것도 주위 사람들 때문 혹은 덕분이었다. 지인들은 지겹도록 징징거리며 질문하는 내게 수백, 수천 번 같은 대답을 해 주었다. 지금 그대로도 괜찮다고.

불어 버린 살을 보고 울고 싶어질 때마다, 바지 치수가 몸에 맞지 않게 될 때마다 나는 지인들에게 도움을 요청했다. 신기하게도 말에는 힘이 있어서 점차 그들의 말에 신빙성이 있는 것으로 느껴졌다. 칼로 도려내고 싶던 살이 이 정도면 괜찮은 걸로 보이고, 통통하게 오른 볼살이 생기 있게 느껴지고, 마르지 않은 몸이 활동하기에 좋은 건강한 몸으로 생각되었다.

물론 언제나 이 방법이 통하는 건 아니었다. 지인의 격려가 있어도 죽을 것처럼 토하기도 하고, 또 다시 미친 듯이 운동을 하고, 며칠씩 거식 행위를 이어 가기도 했다.

그럼에도 반복되는 격려는 내 비합리적이고 왜곡된 사고를 바로 잡는 데 큰 도움이 되었다. 시간이 지나고 나면 '내가 언제 이렇게까지 많은 양을 먹게 되었지?' '언제부터 이 바지를 이렇게 죄책감 없이 입고 다녔지?' 하는 생각들이 들곤 했다.

위의 세 가지 조건은 무엇이 먼저고 무엇이 더 중요하고를 따질 것 없이 동시다발적으로 내게 작용했다. 치료를 받겠다는 진실된 마음이 있었고, 나를 사랑하고 싶었다. 그러기 위해서 할 수 있는 모든 치료 방법을 시도했다. 그리고 먹었다. 좋은 방법과 나쁜 방법을 가리지 않고 먹었고, 살이 찌기 시작했다. 그 살들을 견뎌 내고 앞으로 걸어갈 수 있도록 지인들이 도와주었다.

그 과정에서 나는 동기를 잃어버렸다가 되찾고, 살이 쪘다가 빠지기를 반복했다. 넘어질 때마다 내 안의 동기와 지인들의 따뜻한 말로 다시 일어섰고, 다시 먹었다. 그리고 마침내 정상 체중에 도달한 내 몸을 받아들일 수 있게 되었다.

아직도 먹는 일이 두렵다. 그러나 먹고 소화시키는 일을 당연하게 여기는 날들이 늘어 가고 있다. 나를 성장시

키고 거식증의 늪에서 빠져나오도록 도와준 이 조건들이
다른 누군가에게도 도움이 될 수 있기를 바란다. 거식증을
앓는 사람의 주변인들에게 특히 참고가 되었으면 한다.

안심하고 먹으라고 제발

퇴원 후 자가 치료를 하며 먹은 음식들을 소개해 보려 한다. 재료별 열량과 조리법을 연구해서 찾은, 그나마 안심하고 먹는 메뉴들이다. 나트륨을 최소화한 식사를 몇 년이나 이어 왔기 때문에 소금이나 각종 드레싱, 장류를 일절 곁들이지 않아도 어색하지 않다. 대신 마늘, 양파, 고추, 후추로 맛을 내며, 탕 종류는 계란을 넣어 풍미를 더한다. 그거면 내게는 충분히 먹을 만한 음식이 된다.

부끄닭

영계를 살짝 삶아서 기름을 뺀 뒤 전자레인지로 마저 익힌 요리. 뭐가 가장 먹고 싶냐는 질문에 "치킨!"이라고 대답할 만큼 닭 요리가 먹고 싶어서 만들게 되었다. 이 요리에서 가장 중요한 것은 닭 손질이다. 닭 껍질을 말끔히 잘라 내야 하는데, 이때 껍질과 살 사이의 지방도 모두 제거한다. 엉덩이와 목에 특히 지방이 많으므로 엉덩이 부분은 꼬리와 함께 그대로 잘라 버린다. 닭을 먼저 삶은 후에 껍질을 제거하면 좀 더 쉽지만, 익힌 지방과 살을 육안으로 구분하기 어렵다는 단점이 있다. 소금 간이나 소스는 전혀 곁들이지 않고, 대신 닭을 삶을 때 월계수 잎과 후추를 넣는다. 처음에는 비린내가 날까 싶어 닭을 우유에 담가 뒀다가 쓰곤 했지만, 월계수 잎을 사용하니 그런 번거로운 작업도 필요치 않고 싱거운 맛까지 잡아 주었다. 삶아서 기름기를 어느 정도 제거한 뒤 전자레인지로 7~10분간 더 익힌다. 수분이 증발하면서 좀 더 쫄깃해진 살들이 구운 닭의 느낌을 주기 때문이다. 더 잘 먹을 수 있게 되면 미니 오븐을 구입하고 싶다.

프링글스 대신 고구마 칩

이 음식은 과자에 대한 욕구를 충족시켜 준다. 고구마를 가능한 한 얇게 썰어 접시에 올린다. 고구마의 양과 수분 함유량에 따라 익히는 시간이 달라지는데, 보통 전자레인지로

7~10분이면 다 익는다. 영화나 드라마를 보면서 한 개씩 집어 먹으면 바삭바삭 소리가 나서 과자 먹는 느낌이 들기도 하고 오래 먹을 수 있다. 물론 열량만 따지면 삶거나 찐 고구마의 칼로리가 더 낮긴 하다. 전자레인지는 고구마의 수분만 가져가고 당도는 상승시킨다. 그래서 한때는 칼로리가 가장 낮은 생고구마를 먹거나, 고구마 껍질만 전자레인지에 돌려 먹기도 했다.

✦ 고구마 빵 ✦

밀가루를 섭취하는 것도 힘든데, 시중에서 파는 빵은 엄청나게 많은 버터와 설탕까지 감당해야 한다. 고구마 빵은 빵이 먹고 싶으나 오븐이 없는 내게 안성맞춤인 요리다. 레시피를 간단히 소개하면 다음과 같다.

1   고구마를 삶거나 쪄서 으깬다.
2   거품기로 계란 흰자에 거품을 내어 머랭을 만든다.
    * 설탕은 당연히 넣지 않는다.
3   으깬 고구마와 머랭을 조심히 섞는다.

＊ 이때 계란 노른자를 같이 섞어도 좋다.

4 전자레인지 그릇에 약간의 오일을 바른 후 3번을 담는다. ＊ **요리가 완성된 후 빵과 그릇을 쉽게 분리하기 위해 오일을 바르는데, 나는 이마저도 생략한다.**

   그릇에 랩을 두르고 그 위에 구멍을 뚫는다.

5 전자레인지로 5~7분간 익힌다.

고구마 대신 단호박이나 바나나, 감자를 사용해도 된다. 나는 오트밀을 넣기도 하고 치즈를 올려 간을 맞추기도 한다. 재료의 양을 적지 않은 이유는 고구마 한 개를 다 넣어도 될지 수십 번 고민한 후에 최소한으로 넣기 때문이다. 그러나 계란 흰자는 적어도 2개가 필요하다.

벗파 구이

버섯과 양파를 함께 구운 요리. 몸에 좋고 씹는 즐거움도 주는 벗파 구이 또한 안심되는 착한 메뉴다. 그저 굽기만 해도 버섯의 향이 좋고 양파의 단맛도 훌륭하다. 후추를 뿌려주면 이보다 더 완벽할 수 없다. 프라이팬에 기름을 두르지

않고 구워 내는데, 버섯과 양파에서 물이 많이 나오므로 눌어
붙거나 타지 않는다. 가끔은 팬이 아닌 냄비에 삶듯이 요리할
때도 있다. 재료를 담고 뚜껑을 덮어 두면 알아서 잘 익는다.
여기에 곤약, 계란, 치즈 등을 첨가할 수도 있다. 나는 커서 닭
을 키우고 싶다고 할 만큼 어려서부터 계란을 좋아했다. 계란
노른자를 풀어 흰자와 섞은 뒤 어느 정도 익은 버섯과 양파에
투하한다. 이 요리는 먹고 나면 배가 매우 불러서 정말 오랜
시간을 들여서 소화시키며 먹어야 한다. 먹으면서 계속 되뇐
다. "몸에 나쁜 건 하나도 먹지 않았어. 전부 훌륭한 재료들이
잖아."

∽ 수플레 오믈렛 ∼

　　계란 흰자로 머랭을 만든 뒤, 여기에 노른자를 조심히
섞어서 구워 내면 수플레 오믈렛이 된다. 노른자로부터 분리
한 흰자를 냉장고에 넣어 뒀다 사용하면 머랭이 더 잘 만들어
진다. 완성된 반죽에 치즈 한 장을 올리는 사치를 부려 보기
도 한다. 오믈렛을 팬에 구울 때는 기름을 두를 수밖에 없는
데, 가장 칼로리가 낮은 해바라기씨유나 포도씨유를 사용한

다. 버터나 식용유를 쓰는 일은 없다. 반죽이 70퍼센트가량 익었을 때 불을 끄고 잔열로 잠시 더 익히면 부드러운 오믈렛을 맛볼 수 있고, 그 상태에서 뚜껑을 덮어 1분 정도 두면 완전히 익은 오믈렛이 된다.

❧ 미나리 채소탕과 홍합탕 ❧

미나리와 콩나물, 혹은 숙주와 버섯 등을 넣고 끓인 것이 채소탕이다. 순두부나 연두부를 넣어 끓일 때도 있다. 이때도 다른 양념은 하지 않고 오로지 계란만 풀어 준다. 굳이 넣는다면 청양 고추나 후추 정도. 청양 고추의 매콤함이 다른 재료들의 밍밍함을 잡아 준다. 홍합탕 역시 가성비 좋은 메뉴다. 홍합은 저렴하고 칼로리도 낮으며, 그냥 끓이기만 하면 시원한 국물이 만들어지기 때문이다.

곤약을 볶음이나 탕 요리에 넣곤 하는데, 곤약이 들어간 요리는 무조건 곤약을 가장 먼저 먹는다. 채소탕과 홍합탕 모두 몸에 좋은 착한 재료들과 안심할 수 있는 조리법으로 만든 요리들이지만, 이걸 먹고도 토하니까 거식증이다. 토하고 나서도 먹은 걸 다 토해 내지 못했다는 불안감을 느낀다. 이 불안한 마음 때문에 곤약을 제일 처음에 먹는 거다. '다 토하지 못했다고 해도 남아 있는 건 겨우 곤약일테니까'라고 스스로를 달래기 위해서.

나는 이 글을 쓰면서 맛있다는 표현을 사용하지 않았다. "간이 없는 음식이 어색하지 않아. 나한테는 충분히 먹을 만한 음식이야. 더할 나위 없이 만족스러워." 이런 말들이 절대 틀리진 않다. 여기서 소개한 요리들은 먹을 만하고 건강에 좋고 포만감은 크고 칼로리는 낮다. 그러나 3개월, 6개월을 넘어 몇 년씩 주야장천 먹고 싶을 만큼 맛있는 음식들은 아니다. 그렇다! 거식증 환자에게 완벽한 음식일지언정 맛있는 음식은 아니다!

처음부터 양념의 맛을 몰랐던 것도 아니고, 지방의 부드러움과 버터의 고소함을 경험해 보지 못한 것도 아니다. 자극적인 맛을 청양 고추로 애써 메꿔 보지만 라면 국물이 그리운 걸 부정할 수가 없다.

거식증이 천천히 나를 좀먹었던 것처럼 거식증으로부터 회복되는 과정도 느리게 진행되었다. 먹는 양이 점진적으로 줄었던 것처럼 그 반대로도 점진적으로 늘어 갔다. 어떻게 하면 먹지 않을 수 있을까 고민하던 내가 어떻게 하면 먹을 수 있을지를 고민하고 있다. 더 천천히 시간을 들여서 먹고 소화시키는 일을 늘려 갈 것이다. 그리고 계속해서 이 말을 떠올릴 거다. 먹어도 된다고. 안심하라고. 사람은 먹어야 산다고. 내가 생각하는 것보다 나는 충분히 괜찮다고.

"그건 그저 병일 뿐이고
병에는 책임이 없으니까."

_에밀 아자르, 《자기 앞의 생》

4
인생은 나선형

롤러코스터는 아직 끝나지 않았다

한때는 '거식증과 친구가 되어 살아갈 수 있지 않을까? 모델이나 여배우 들은 짧게는 몇 년에서 길게는 몇십 년 동안 절식한다는데 나도 그렇게 살 수 있지 않을까?' 하고 생각했다. 그러나 이 질문들에 대해 지금의 내가 내린 답은 절대적으로 '노!'다. 무엇보다, 증상이 심한 거식증은 죽음과 너무 밀접해서 좀 더 적극적으로 치료에 힘을 써야 한다. 내가 조울증을 약물로 다스리며, 무너져도 좌절하지 않고 일상생활을 유지하려 애쓰는 건 조울증과 친구처럼 지내는 것이라고 말할 수 있다. 그러나 식사를 최대한 절제하며 마른 몸에 집착하는 삶을 이어 가는 건 생존과 직결되는 이 병을 의도적으로 유지하고 나아가 악화시키는 일일 뿐이다.

거식증이 완치되기까지는 여러 번의 관해를 경험하게 된다. 끝처럼 보이지만 끝이 아닌 관해를 받아들이고 계속해서 치료에 힘쓰는 것만이 진정 이 병마와 동행하는 삶의 자세다.

섭식장애를 앓아 온 십수 년의 세월 동안 나 역시 부분 관해를 수없이 겪었다. 스트레스 상황에서 다시 나를 학대하는 행위를 선택하는 것은 건설적인 행동에 비해 쉬웠고 몸에 익었다. 마치 정성 들여 차린 한 끼 밥보다 레토르트식품이 간편하듯이, 더 손쉬운 방법으로 스트레스를 풀려고 했다. 나 자신의 가치를 높이 평가하고 만족감을 느끼다가도 한순간에 스스로를 쓰레기 취급하기 일쑤였다. 더 이상 세상의 기준에 흔들리지 않는 견고한 사람이 될 거라고 매일 기도하고 다짐하면서도, 남들이 말하는 외적 기준에 귀를 쫑긋 세우곤 했다. 건강해지고 있다는 기분이 들 때가 있는가 하면, 살찐 내 몸이 역겹게 느껴지는 순간이 있고, 살이 오르니 보기 좋다는 지인의 말에 내 노력을 인정받았다고 생각할 때가 있는가 하면, 생기 있어 보인다는 말에 지금 살쪄 보인다는 거냐고 따지고 싶을 때가 있다.

한때 45킬로그램이 넘게 살이 쪘다가 다시 36킬로그램까지 빠지며 오르막과 내리막을 오갔다. 음식물이 위에서 십이지장으로 내려가지 못한다는 진단마저 받았다. 힘들었다. 잘할 수 있을 거란 기대만큼 실망도 커서 마음이 많이 아팠다. 무력감에 잠식당하면서도 무력하게 살지는 않았다고 나름대로 자부해 왔는데, 나 자신에게 실망한 마음은 진짜로 무기력을 선사했다.

그러나 이런 롤러코스터 같은 일들이 어쩌면 당연한 게 아닐까. 30년 가까이 고통을 느끼면서도 제대로 된 치료는 하지 않은 채 상처를 곪게 만들어 왔는데, 이제 겨우 몇 년 동안 간신히 돌봐 줬다고 해서 한번에 낫길 기대할 순 없다. 오히려 이만큼이라도 나아진 것이 기적이라고 봐야 한다.

그렇다고 이런 악순환과 쳇바퀴 같은 굴레를 그저 받아들이겠다는 말이 아니다. 중요한 건 바닥으로 곤두박질치더라도 다시 일어서서 건강한 생각을 하는 법을 배우는 것이다. 매일의 삶 속에서 나는 넘어지더라도 계속 앞으로 나아가고 있다. 끝없는 양가감정 속에서 무엇보다도 내가 다시 나 자신을 위해 옳은 결정을 내리게 될 거라는 믿음, 그래서 결국 섭식장애를 완전히 극복하리라는 믿음과 희망이 생겼다.

삶은 절대 직선이 아니다. 삶은 나선형이다. 지금 당장 넘어지고 후퇴한 것 같아도, 나선의 다른 측면에서 바라보면 그 또한 앞으로 나아가기 위한 한 걸음이다. 엄청나게 잘하거나 커다란 무언가를 이루려고 하지 않아도, 그저 조금씩 매일 달라지는 것만으로 이미 충분하다.

그동안 나는 쉰다는 게 뭔지 몰랐다. '너무 힘들어서 쉬고 싶어. 근데 어떻게 하는 게 쉬는 거지?' 최근에 반강제적으로 안식년이라고 부를 만한 시간을 보냈다. 늘 애쓰고 발버둥 치며 살던 내가 아무것도 하지 않고 그저 어떻게 하면 시간을 더 빠르게 삭제시킬 수 있을까 생각하며 하루하루 지냈다. 그러고 나서야 쉰다는 게 뭔지 조금 알 것 같았다. 그동안 내가 쉬어도 괜찮다고 스스로를 다독이면서도 사실은 얼마나 많은 부담감과 죄책감을 떠안고 있었는지 깨달았다.

정말 푹 쉬었다는 기분을 느끼기까지, 최악의 바닥을 맛봐야 했다. 나 자신이 아무것도 할 수 없는 무의미하고 무용한 존재라고 느껴지는 밑바닥에 이르러서야 그동안 나를 짓눌러 왔던 부담감을 벗을 수 있었다. 스스로를 고립시킨 채 그렇게 좀비처럼 바닥을 쓸고 다니다가 마침내 바깥으로 나왔을 때, 신선한 공기가 내 폐로 가득 흘러들어왔다.

사람은 바람결에도 배운다고 한다. 아무것도 하지 않아도 그 순간에조차 얻는 것이 있다. 꼭 무언가를 얻어야만 하는 것은 아니지만 매 순간이 의미 없는 시간은 없다는 말이다. 처음 직장을 그만두고 의도적으로 휴식과 치료에 몰두했던 해보다 그저 무기력하게 보냈던 이듬해에 제대로 쉰 느낌이 들었다. 그렇다고 앞선 시간이 무의미할까? 그렇지 않다. 나 자신의 바닥을 맞닥뜨리고 나서야 그 이후에 오는 것들을 경험할 수 있었고, 그 덕분에 지금의 내가 있다.

정신과 전문의 엘리자베스 쿠블러 로스는 사람이 슬픔을 이겨내는 데에도 단계가 있다고 한다. 널리 알려진 이 '슬픔의 5단계'는 원래 죽음을 앞둔 환자의 심리적 반응을 체계화하기 위한 것이었지만, 오늘날에는 죽음 외에도 상실과 트라우마 같은 여러 심적 고통을 다루는 데에 응용되고 있다.

로스가 제안하는 5단계는 '부정, 분노, 타협, 우울, 수용'의 순서로 진행된다. 사람들의 저마다 다른 슬픔과 고통을 이 모델 하나로 일반화할 수는 없겠지만, 나는 실제로 지난 몇 년 동안 이 단계들을 수도 없이 반복했다.

내가 거식증이라는 사실을 부정하고 나를 이렇게 만든 모든 것들에 분노했다. '그래, 나 섭식장애를 갖고 있어. 그래서 이제 어떻게 해야 하는데?'라는 질문을 던지며 우울했고, 계속되는 좌절에 무기력했다. 자신을 객관적으로 보게 될수록 자신감이 떨어졌다.

그러나 아무것도 하지 못했다고 생각했던 지난 몇 년간 나는 나를 있는 그대로 수용하는 작업을 해내고 있었다. 그로부터 얻은 것들이 눈에 보이거나 손에 잡히는 것은 아니지만 내 마음 안쪽이 조금 단단해짐을 느낀다. 걸어 잠갔던 문을 열고 나왔을 때 상쾌한 공기를 맛보았다는 말은 스스로의 변화를 분명하게 느낄 수 있었단 뜻이다. 아직도 이 모든 것들을 온전히 수용하지는 못하고 있지만, 변화의 작은 조각들이 하나둘 내 마음에 차오르고 있다고 믿는다.

비상 시 대처 요령

섭식장애를 앓고 있다는 것을 스스로 주변에 알리고 약물 처방과 상담을 두루 받은 지 햇수로 6년이 되었다. 어떤 것들이 내 완치에 방해가 되고 어떤 순간이 나를 바닥으로 내모는지 되짚어 볼 필요가 있겠다고 느꼈다. 지난날 무너졌던 때와 비슷한 상황이 나를 덮쳤을 때 똑같이 당하고만 있고 싶진 않다. 전부 막아 낼 수는 없더라도, 비상사태에 대처하는 나름의 매뉴얼을 만들어서 나를 지키고 싶었다. 내가 주로 무너지게 되는 다섯 가지 상황과 각각에 대한 나만의 대응법은 다음과 같다.

1   타인의 숫자

많은 사람들이 내게 살찐 모습이 더 생기발랄하고 좋

아 보인다고 말한다. 그게 정답이다. 30킬로그램대의 자신을 보며 '지금 내 모습이 예뻐'라고 생각하는 건 사실과도 다르고 무엇보다 스스로에게 도움이 안 된다. 지금 나한테는 체중 증가만이 답이니까.

그런데 같은 뜻이어도 구체적인 수치로 말하는 사람들을 만날 때가 있다.

"40킬로그램은 넘어야지."

"43킬로도 말랐어. 네 키에 47까지는 쪄도 돼."

"47킬로까지는 찌우자. 정말 별로 같아 보이면 내가 딱 말해 줄게."

이런 말을 들으면 머리가 하얘진다. 그 수치 또한 나를 옥죄는 하나의 기준이 된다는 걸, 그 말을 하는 사람들은 모른다. 또 다른 숫자는 또 다른 억압과 강박을 불러일으킬 뿐이다. 그들이 말하는 기준이 지금의 내 기준보다 느슨할 뿐이지 결국 체중계의 숫자에 속박당하는 것은 마찬가지다.

이럴 때 나는 귀를 닫고 마음속으로 '저건 저 사람의 기준일 뿐이야. 내가 원하는 건 또 다른 숫자의 노예가 되는 게 아니야'라고 외친다. 그리고 다음과 같은 말을 되뇌고 되뇐다. '나는 건강해지려고 몸무게를 늘리는 거지 누군가의 눈에 예뻐 보이려는 게 아니야.'

어떤 때는 이 말을 상대에게 대놓고 하기도 한다. 친절과 선의를 가장해 당신의 기준을 내게 강요하지 말라고 속으로 욕하기도 한다. 그런 사람들 중에 정작 자신의 몸에 만족하는 사람은 없었다는 사실을 알기에 더더욱 그들의 말에 현혹되지 않으려고 한다.

2　외모 평가

카페나 대중교통 등 공공장소에서 알지도 못하는 사람들이 연예인을 놓고 주고받는 외모 평가가 내 귀에 얼마나 쏙쏙 들어오는지 모른다. 가까운 지인들은 나를 배려해서 조심하는 눈치지만, 무방비 상태에서 맞닥뜨리게 되는 그런 말들은 언제나 날 힘들게 한다. 예전에는 그런 이야기를 들으면 '거 봐, 역시 살을 빼야 해. 더 빼야 해. 내 눈엔 날씬해 보이는데 사람들에겐 저 다리조차도 뚱뚱한 거구나'라고 생각했다.

그러나 지금은 그런 외모 평가의 대상이 된 연예인을 내가 나서서 변호해 주고 싶을 정도다. 저게 뚱뚱한 거면 대체 인간이 아니길 바라는 거냐고, 그러는 당신은 자기 몸에 대해 어떻게 생각하냐고, 사실 당신이 무슨 생각을 하든 알고 싶지도 않다고. 그리고 또 생각한다. 연예인은 겉으로 보이는 모습이 중요한 직업이고 외모를 가꾸는 노력을 커리어나 돈으로 보상받지만, 나는 그럴 일이 없는 일반인이다. 내 가치는 외모가 아닌 다른 데서 찾아야 한다.

3 거식증? 네가?

부분 관해 시기에는 어렵고 어렵게 증량한 내 몸을 받아들이는 게 가장 힘든 일이다. 겉으로는 예전에 비해 건강해 보일지 몰라도 속으로는 여전히 먹는 음식마다 칼로리를 계산하고, 몰래 운동을 하고, 밤마다 칼로 지방을 도려내고 싶다는 생각을 한다. 이럴 때 가장 날 무너트리기 쉬워서 멀리해야 하는 말은 이거다.

"거식증이요? 그렇게 안 보이는데."

섭식장애 때문에 상담을 받으러 갔을 때 상담사조차
이런 말을 했다.

"안 아파 보여요."
"말라 보이지 않는데요."
"섭식장애로 상담받고 싶은 게 맞으시죠?"
"아, 그동안은 꽤 괜찮아 보인다고 생각했는데 오늘 입고
오신 걸 보니 정말 거식증 같네요."

어떤 의도를 갖고 한 말이었든 간에 나는 이런 말들로
인해 몇 주 동안을 힘들어했다. 그동안 나를 보며 무슨 생
각을 했을까? 내 말을, 내 고통을 믿어 주긴 한 걸까? 꾀병
이라고 생각하진 않았을까? 여전히 나 자신과 힘겨운 전
쟁을 치르는 와중에 누구보다 내 편이 되어 주길 바랐던
사람에게마저 이런 소리를 들으면 엄청난 배신감이 든다.
무엇보다도 '아파 보여야 마른 거구나. 그래야 거식증이구
나' 하는 생각이 나를 괴롭힌다.

이런 말들은 지금까지도 나를 무너트리는 1순위다.

내가 거식증이라는 걸 아는 모든 사람과 연락을 끊고 싶어진다. 그래서 거식증으로부터 벗어나려 애쓰면서도 이때만큼은 내가 아직 거식증이란 사실을 분명하게 인지하려고 한다. 내가 여전히 거식에 대한 생각에서 자유롭지 못한 환자라는 사실을 곱씹는 것 말고는 이렇다 할 도리가 없다.

4 폭식과 구토에 대한 욕구

극심한 거식 행동 뒤에는 당연하게도 그에 따른 반작용으로 폭식의 욕구가 차오른다. 언젠가부터는 소화 불능 때문에 내 의지와 상관없이 토하기도 한다. 내가 나를 통제하는 거라고 생각했던 거식 행위가 사실은 나를 지배하고 있다. 이런 현실이 지옥 같고 내 처지가 살아 있는 시체나 다름없게 느껴진다.

이럴 때면 내가 시도했던 금주 방법들을 떠올린다. 작심삼일이라도 그 작심들이 쌓이면 성공에 가까워질 수 있다고, 오늘 내가 소화시킬 수 없는 음식을 먹었다고 해도 실패는 아니며, 이 역시 하나의 과정이라는 것을 되새

긴다. 그와 함께 건강한 몸을 만들기 위해, 평소에 몸에 좋지만 비싸다고 생각했던 음식들을 사서 냉장고에 채워 두고 조금씩 계속해서 먹는다. 그러면 그때서야 비로소 내가 나를 잘 조절하고 있다는 안정감을 느낀다. 이게 진정한 조절 능력이다. 냉장고를 열면 음식마다 잔뜩 붙은 포스트 잇이 보인다.

맛있는 거! 이거 진짜 비쌌다~ 아껴 먹자.

나한테 도움 되는 영양소만 가득해.

이거 먹음 여행 갈 수 있어!

내 건강을 빌어 주는 사람의 마음이 깃든 음식이야.

폭식하고 싶거나, 구토 후 빈속에 뭔가를 더 먹고 싶을 때마다 '그게 정말 네가 원하는 거야? 토하는 게 얼마나 고통스러운지 알지?'라고 자신에게 질문한다. '지금 허기지고 먹고 싶다는 건 착각이야. 넌 건강해져야 해. 건강해져도 돼. 건강해져서 더 맛있는 음식을 사람들과 함께 먹는 거야.'

5   거식증이라는 타이틀

앞의 3번과 연결되는 이야기다. 거식증으로 보이지
않는다는 말이 내게 그토록 큰 영향을 끼치는 것은 내가
아직 살찌고 건강해진 내 모습을 받아들일 준비가 되지 않
았다는 걸 반증한다. 부분 관해를 겪고 있을 때, 지인들에
게 '마음이 놓인다'라는 말을 들으면 가슴이 철렁 내려앉
는다. 더 이상 날 만나 주지 않고 내게 관심을 갖지 않을 것
같다. 막상 거식증이라는 타이틀을 떼고 세상으로 나와야
한다고 생각하면 돛단배를 타고 망망대해를 표류하는 기
분이다. 불안하고 두렵고 자신이 없다.

이런 순간에 그나마 내가 할 수 있는 건 건강해져야
그 힘으로 여행도 가고 파티도 하고 사람들과 어울릴 수
있다고 자신을 설득하는 일이다. 내가 날씬하지 않아서 혼
자인 게 아니라 병을 앓고 있어서 외로운 거라고.

그리고 내가 좋아하는 것, 나를 행복하고 즐겁게 해
주는 일들을 적고 그것들을 매일 찾아서 한다. 거식 행위
에 집착하지 않도록 관심을 분산하기 위해서다. 나를 행복
하게 하는 일을 하면 그날은 행복한 날이다. 다음 날도 나
를 기쁘게 하는 일을 찾아서 한다. 그러면 매일이 행복한

거니까. 매일 행복한 내가 되기 위한 작전을 짠다. 거식증이라는 타이틀 따위 필요치 않은 진짜 '나'를 위한 용기 있는 준비를 해 나간다.

그 밖에도 나한테 도움이 되는 것들은 이렇다.

> 뼈밖에 없던 시절의 사진들 절대 보지 않기
> 살을 찌운다는 표현보다 증량이라는 단어를 사용하기
> 내 취향이면서 큰 사이즈의 옷 구매하기
> 한 끼의 식사도 예쁘게 차려 먹기
> 식전 기도 하기
> 사람들과의 식사 자리를 늘려 가기
> 내 의견을 남들에게 분명하게 전달하는 연습 하기
> 조급함을 버리고 스스로의 강함을 믿어 주기

사실 주위에서 무슨 말을 하든 그게 중요한 게 아니다. 진짜 문제는 그들의 의도와는 상관없이 좋은 말이더라도 곧이곧대로 듣지 못하는 내 비뚤어진 마음이다. 내가 빼빼 마른다 한들 누군가는 내게 덜 자란 어린아이 같은 몸이라고 할 것이고, 살이 붙으면 또 누군가는 내게 뱃살이 나왔다고 핀잔을 줄 것이다. 내가 어떤 모습이 되든 남들의 평가가 뒤따른다. 언제까지 그런 말 하나하나에 휘둘려야 할까. 더 이상 그러고 싶지 않다. 어떤 모습이든 나만큼은 나를 사랑해 줘야 하지 않겠는가. 증량하고 근육을 고루 갖춘 건강한 내 모습이 옳고, 맞고, 그것을 원한다.

안다는 것

내 오른쪽 손등에는 자주 멍이 들곤 했다. 나는 그 멍 자국을 신기하게 바라보았다. 손등이라는 위치에 멍이 들기가 쉽지 않은데 늘 같은 자리에 생겨서다. 어느 날 설거지를 하면서 주방에 작게 난 창문을 열려고 했다. 습기 때문인지 창문이 한 번에 열리지 않았다. 창문을 붙잡고 힘을 주다가 창문 위 찬장에 손등을 부딪치고 말았다. '이놈의 창문이 또!'라고 생각한 순간, 손등에 들어 있던 멍 자국이 떠올랐다. 그 시퍼런 자국은 매번 이렇게 생겨난 거였다.

이 사소한 일을 내가 중요하게 생각하는 이유는 그 원인을 알게 된 후로 멍 자국이 내 손등에서 영영 사라졌기 때문이다. 여전히 창문을 한 번에 열지 못하더라도 손등을 찬장에 부딪치는 일은 없어졌다. '내 힘으론 창문을 한 번에 열 수 없어. 설거지를 할 때는 주방에 습도가 높아서 창문이 더욱 잘 열리지 않지. 그러니 창틀에 가한 내 힘이 빗나가서 손등을 찬장에 부딪칠 수 있어.' 이렇게 깨닫고 나자 창문을 열 때마다 조심하게 됐다.

안다는 건 이런 거다. 무언가를 알고 나면 절대로 생각이 예전과 똑같이 흘러가지 않는다. 자신의 부정적인 행동에 불편함을 느끼게 되고 그러다 보면 어떻게든 달라지기 마련이다. 나는 그렇다고 믿는다.

찬장에 손등을 부딪치는 사소한 습관조차 몇 십 번이나 반복한 후에야 스스로 깨닫고 바꿀 수 있었다. 그렇다면 몇 년, 몇십 년에 걸쳐서 진행된 증상들과 그 뿌리를 이루는 내 무의식의 세계는 얼마나 더 깊고 거대하겠으며, 그걸 알아 가는 과정에 얼마나 많은 노력과 시간이 필요하겠는가. 게다가 그 과정은 대체로 괴로운 일이다.

어떤 사람들은 낮은 자존감이나 정신 질환을 고치기 위해 과거를 자꾸 파헤치며 문제의 근원에 접근하는 것을 경계하라고 말한다. 물론 과거에 함몰되는 것은 경계해야 한다. 그건 내 그림자에게 삶의 주도권을 뺏기는 일이고, 과거의 트라우마가 클수록 그럴 위험성이 높아진다. 파헤쳐서 알게 된 자신의 모습과 마주하기 어려울 것이고, 그 모습을 부정하고 싶을 것이다. 자신은 물론 세상 모든 것에 분노를 느끼게 될지도 모른다. 그래서 가장 좋은 방법은 이 과정을 안전장치 역할을 해 줄 전문가와 함께하는 것이다. 상담사는 환자가 회피하던 자기 모습을 받아들일 수 있을 정도로 마음의 근육이 자랐는지를 탐색하며 적절한 때를 기다린다. '직면'이라고 부르는 이 작업은 한순간에 이뤄지지 않기 때문에, 직면하고 회피하고 다시 직면하는 길고 아슬아슬한 줄타기를 함께해 줄 든든한 조력자를 얻는 것이 중요하다.

　　그러나 그런 유능한 상담사를 만나는 것 또한 쉬운 일이 아니며 많은 비용과 시간을 투자해야 한다. 나도 상담을 받으며 상처 위에 또 상처를 입을 때가 있었다. 그러다 보니 심리학을 공부하며 혼자서 나를 탐색하는 시간이 더 길었다. 멀리 돌아왔고, 내 그림자에 함몰되기도 했으며, 자기 연민과 비관에 빠져 삶을 등지려고 했던 날들도 숱했다.

　　그럼에도 자신의 과거에서 눈 돌리지 말라고 말하고 싶다. 가끔 지인들이 자기 내면 문제를 너무 깊이 생각하는 것에 죄책감을 느끼는 걸 본다. 당장 먹고 살기도 바쁜데 그런 한가로운 고민에 빠져 있어서는 안 된다고 생각하는 것 같다. 그럴 때마다 나는 자신을 알기 위해 노력하는 것 자체가 의미 있는 일이며, 그런 고민 없이 그저 나이만 먹는 사람들보다 낫다고 말한다.

원인 없는 결과는 없다. 과거 없는 현재도 없다. 할 수 있다면 전문가와 함께, 현실적으로 그럴 여건이 안 된다면 혼자서라도 자기 마음의 소리를 들어 보길 권한다. 삶을 나무가 아닌 숲으로 보았을 때, 그 편이 더 도움 되는 일이라고 생각하기 때문이다.

안다는 것 자체가 갖는 힘은 강력하다. 알기 위해 혹은 알고 나서 겪게 되는 과정이 매우 어렵고 위험하다는 것 또한 안다면, 그 앎이 나를 조금은 덜 지치게 해 줄 수 있다. 수천 번 좌절하고, 수만 번 부정과 분노와 체념을 오가겠지만, 그 또한 앞으로 나아가는 길 위에서 벌어지는 일들임을 알았으면 한다.

빠른 결과를 보기 위한 해결 중심의 상담, 약물과 내과적 치료들은 긴급한 환자에게 우선적으로 필요한 조치다. 그러나 오랜 기간 치료를 받고도 우울감이나 기타 신경증적 증상들이 나아지는 걸 체감하기 어렵다면, 근본적인 문제를 돌봐 주지 않아서라고 생각한다. 흐르는 물은 자정작용을 한다. 인간도 그런 자정작용의 힘을 갖고 있다. 그러나 자신의 과거에서 그저 눈 돌린다면 흐르지 않는 고인 물이 되어 버리고 만다.

당장 눈앞의 문제 행동이 사라졌다고 해도 미처 다 해결되지 못한 마음의 상처들은 또 다른 문제 행동으로 나타날 가능성이 높다. 그건 그냥 A라는 문제에서 B라는 문제로 옮겨 가는 것일 뿐이다. 언제가 되었든 내 마음의 근육이 다시 느슨해지고 스트레스 상황이 닥친다면 C, D, E라는 이름의 문제들이 등장할 수 있다. 상처가 곪은 시간이 길수록 새로 마주하는 문제들의 크기 역시 더 거대해질 것이다. 과거의 상처를 외면한다면 트라우마는 결코 지나간 일이 되지 않고 계속해서 현실과 이어지게 된다. 용기를 내어 내 모습을 받아들이고 상처를 돌볼 때 비로소 변화를 넘어 성장하는 내가 된다.

아프면 아프다고 말할 줄 아는 사람

　피부가 건성인 나는 매년 겨울이면 발의 각질을 벗기곤 했다. 손으로 뜯다가 더 이상 뜯기지 않으면 각종 도구를 이용해서 벗겨 냈다. 이 행위에 희열감까지 느꼈다. 결국 피를 보고, 상처 때문에 걷는 것조차 힘겨워져야 가까스로 각질 뜯기를 멈췄다. 그렇게 상처가 아물어 조금 걸을 만해지면 다시 뜯고 벗기기를 반복했다.

　그런데 지난겨울에 이 오랜 습관을 버렸다. 대신 발꿈치가 거칠어지면 바셀린을 듬뿍 바르고 수면 양말을 신었다. 물론 말하지 않는 한 내가 밤마다 발바닥을 그렇게 독하게 벗겨 내는지 아닌지 아무도 알 수 없는 일이다. 그럼에도 각질을 넘어 피부 가죽을 벗기는 일종의 자해 행위를 스스로 멈췄다. 누군가에게 인정받거나 칭찬받기 위해서가 아닌, 나 자신을 위한 일이었다.

　감기가 걸리면 기뻐하고 상처가 나면 돌보기는커녕

자랑하던 나였다. 그러다 나를 걱정해 주는 지인들 덕에 그들에게 칭찬받기 위해 병원에 가곤 했다. 하지만 지금은 그 누구의 관심 때문이 아니라 나 자신을 위해 병을 치료하러 간다.

예전에 나는 길거리나 버스에서 누군가에게 세게 밀쳐지거나 발을 밟혀도 비명은커녕 눈썹 하나 까딱하지 않는 사람이었다. 골목에서 차에 부딪혀도 괜찮다고 말하며 가던 길을 가고, 부당한 대우를 받아도 그게 마땅하겠거니 하며 스스로의 권리를 포기하고, 억울한 입장에 놓여도 제대로 된 해명 한번 하지 못했다. 거절이 힘들어서, 아니 고맙다는 겉치레가 애정인 줄 착각하고 떠맡은 일들이 어느새 눈덩이처럼 불어나던 사람이 나였다.

이제 나는 아픔을 느끼기 시작했다. 분노하기 시작했고, 억울함에 눈물 흘리기 시작했다. 서럽다고 외치고, 아프다고 비명을 질렀다. 내가 아프다는 것을, 내가 당한 일이 부당하다는 것을 깨닫기까지 무척 긴 여정이었다. 내가 느끼는 감정과 생각을 표현할 수 있는 사람이 되기까지는 더 오랜 시간과 노력이 필요했다. 그리고 지금, 나는 내 삶에 만연했던 그 수많은 무력감에 대항하는 사람으로 성장하고 있다.

처음에는 아프다는 걸 어떻게 표현해야 하는지부터가 높은 관문이었다. 내가 아프다는 걸 겨우 알게 됐는데 그걸 표현할 적절한 방법을 몰라 또 한참을 헤맸다. 아프다고 그 자리에서 바로 울어 버리거나, 화가 난다고 매번 소리를 지를 수는 없는 노릇이었다. 나는 어린아이가 아니라 서른이 넘은 성인이니까. 내 의견을 조리 있게 말해야 하는 상황은 수천수만 가지로 변화무쌍했고, 어렵게 습득한 한두 가지 대처 기술을 수많은 상황에 이론대로 대입하기는 불가능했다. 남들은 그냥 저절로 되는 일 같은데, 나한테는 웬만한 시험 문제보다 어렵게 느껴졌다.

오랫동안 술과 약에 취해 화내고 서럽게 울었다. 술에 취해서야 속마음을 내비칠 수 있는 것이 안타깝다며, 독인 줄 알면서도 차마 마시지 말라고 못한 지인도 있었다. 엉뚱한 곳에 화내고 있는 줄도 모르고 가장 소중한 사람들에게 감정 쓰레기통 역할을 떠맡기기도 했다. 지금 생각해 보면 아무것도 아닌 사소한 일에도 억울함이 느껴져 눈물을 참지 못했던 날들이 숱했다. 심지어 지인을 집에 초대해 놓고 내 허락 없이 냉장고를 열어 봤다며 그 앞에서 몇십 분간 대성통곡하기도 했다. 그게 뭐라고.

어느 날 버스에서 내리려고 하는데 뒤에서 누군가가 팔꿈치로 내 귀를 쳤다. 이어폰을 꼽고 있던 터라 더 아팠다. 뒤를 돌아보니 거구의 남자가 서 있었다. 그는 내게 사과하기는커녕 자신이 한 일이 아닌 척 딴청을 부렸다. 당연히 난 기분이 나빴다. 남자가 나를 밀치며 내리는 문 앞으로 향하는 순간, 내 이성적 사고보다 몸이 먼저 반응했고, 나는 발로 그 남자의 종아리를 걷어차고 말았다.

버스에서 내리자마자 그 남자가 내게 따져 물었다. 자기는 모르고 친 건데 너는 일부러 그런 거 아니냐고 내 얼굴에 대고 소리를 질렀다. 내 심장 소리가 입 밖으로 터져 나올 듯이 쿵쾅거리고 머리는 산소가 부족한 듯 핑 돌았다. 그 와중에도 들었던 첫 번째 생각은 '자기가 친 줄 알긴 아네?'였다. 그 뒤로 '어쩌지? 그냥 죄송하다고 할까? 내가 안 그랬다고 할까? 무슨 말이냐고 나도 잡아뗄까? 왜 먼저 사과하지 않았냐고 따질까?' 같은 수많은 생각이 머리를 스쳤다. 그러다 정작 내 입에서 튀어나온 말은 "저도 몰랐어요."였다. 그 한마디를 내뱉고 나는 쌩하니 뒤돌아 (경보하듯) 갈 길을 가 버렸다.

스스로 놀라움을 감추지 못하며 지인에게 이 일화를 이야기해 주었다. 지인은 내 달라진 모습을 칭찬하면서도, "그 사람은 실수지만 네 행동은 폭행"이라고 따끔히 지적했다. 겨우 그거 가지고 폭행이라니, 내 편을 들어 주지 않는 지인이 처음엔 밉기도 했지만 그 사람 말이 맞다. 그럼에도 그때 생각을 하면 놀랍도록 달라진 내 태도와 그보다 더 놀라운 행동에 이 글을 쓰는 지금도 온몸에 흥분이 감돈다. 지인은 앞으로 또 그런 일이 생기면 맞은 자리에서 바로 아픔을 표현하고 합법적인 보상을 요구하라고 가르쳐 주었다.

이렇게 나는 여러 시행착오를 겪으며 바뀌고 있다. 물리적 학대에 비명조차 지르지 못하고, 몸과 마음을 훼손당한 채로 그래도 되는 존재라며 스스로를 하찮게 대했던 내가 허락 없이 내 물건에 손댔다고 화내고, 실수지만 날 때리고 모른 척한 사람에게 (방법은 틀렸지만) 나름의 대응을 했다는 게 기특하다.

또 다른 변화는 자의 반 타의 반으로 혼자 있는 시간이 길어지면서 일어난 일이다. 나는 어려서부터 혼자 있는 시간을 견디지 못했다. 혼자가 되느니 무릎을 꿇고 애정을 구걸해서라도 어떻게든 누군가와 함께 있고 싶었다. 버겁고 부담을 느끼면서도 계속해서 어딘가에 소속되려고 했다.

그러다 팬데믹 기간 동안 집순이로 지내면서 드디어 혼자라는 고통을 제대로 맞닥뜨리게 됐다. 처음엔 어색하고 역시나 고통스러웠다. 세상이 사라진 것 같았고, 내가 과연 존재하기는 하는지 믿기 어려웠다. 지겨울 만큼 혼자 있는 시간을 보내다 보니 그게 새삼 큰일이 아니라는 느낌이 들기 시작했다. 막연하게 두렵고 불안할 거라고 상상했던 '혼자 됨'이 실은 매우 소중하고 필요한 일이라는 생각도 들었다.

혼자 있는 것에 익숙해지자 사람들 사이에서 을이 되는 것을 자처하지 않게 됐다. 왜? 나는 혼자여도 괜찮으니까. 내 안의 공허함을 술이나 영양가 없는 관계가 아니라 가장 소중한 나 자신을 위한 일들로 채우기 시작했다.

이런 변화는 중요하다. 내가 쌀밥을 먹고 고기를 소화시키게 되는 것보다 더 중요한 일일지도 모른다. 내면의 변화는 나를 쉽게 휘청거리지 않는 견고한 사람으로 만들어 준다. 다른 사람들의 기준에 나를 맞추는 게 아니라, 내게 맞는 사람을 만나고, 맞는 옷을 찾아 입고, 맞는 음식을 찾아 먹는 사람, 내가 원하고 좋아하는 것들로 내 주변을 채우는 사람, 그런 사람이 될 거다.

엔딩 없는 엔딩

섭식장애는 겉으로 보이는 것보다 더 심각한 병이고 알려진 것보다 더 많은 이들이 앓고 있는 병이다. 죽음과 가까운 이 장애를 결코 쉽게 생각해선 안 된다. 회복의 길로 들어서는 일 또한 만만치 않다. 절망하라는 말이 아니라 그러니 지치지 말고 그 길을 걸으라는 뜻이다. 어떤 날은 주저앉고 또 어떤 날은 뒷걸음질 치거나 아예 뒤돌아 걷는 날도 있겠지만, 삶은 직선이 아니니까, 어지러운 나선을 돌고 돌아 결국 앞으로 나아가게 될 거라고 믿는다.

나는 섭식장애에서 빠져나오기 위해 약물 치료, 상담, 식단 일기, 명상 등 할 수 있는 모든 방법을 동원했다. 그렇게 사방으로 손을 뻗어 도움을 구해도 벗어나기 힘들 만큼 거식증의 그림자는 거대했다. 그러나 영영 끝나지 않을 것 같은 싸움 속에서도 나는 나를 사랑하는 일을 그만 두지 않았고 앞으로도 그럴 것이다. 우리는 각자 있는 그대로 충분한 존재들이다. 거기에 무엇을 더 더해야 할까. 나는 오랫동안 마른 몸에 집착해 왔다. 내 몸이 어떻게 생겼든, 사이즈가 몇이든, 나는 사랑받을 자격이 충분한 사람이라는 사실을 받아들이기까지 먼 길을 돌아왔다. 누군가를 동경하며 마른 몸에 집착하거나 거식 행위를 이어 가는 것은 나를 통제하고 관리하는 일이 아니라 자기 파괴이고 학대일 뿐임을 이제는 안다.

칭찬이든 비난이든, 남들이 내 가치를 평가하고 정의 내리게 하지 말자. 밖에서 들려오는 소리에 현혹되지 말고 나는 내 현실을 살아가야 한다. 마른 몸 말고도 내 아름다움을 증명할 수 있는 것들, 내가 지켜야 할 소중한 가치들이 많다. 음식 외에도 나를 위로하고 내 공허한 마음을 채워 줄 것들이 세상에 무궁무진하다. 내가 그토록 가지려 했던 아름다움은 갖고 싶다고 갖게 되거나 살 수 있는 무언가가 아니라, 그저 나 자신이 되는 일이다.

책으로 펴내기 위해 브런치에 연재했던 글들을 다시 보며 구역질이 날 만큼 힘들었다. 괴로웠던 시절이 너무도 생생히 떠올라서 읽는 내내 불편하고 힘들었다. 그러나 그 과정을 헤쳐 나와 지금에 이르렀다는 사실이 스스로 대견

하고 기쁘기도 하다. 이 책을 사람들 앞에 내놓으려니 부끄러운 마음이 들지만, 내 솔직한 고백이 용기가 필요한 또 다른 이들의 마음에 가 닿기를, 혼자 아파했을 사람들에게 혼자가 아니라는 위로를 전할 수 있기를 바란다.

이 글이 끝나도 나의 싸움은 계속된다. 나는 끝끝내 나를 사랑하기 위한 노력을 게을리 하지 않을 거다. 그래서 언젠가는 이 긴 싸움에서 이길 것이다.

추천의 글

'섭식장애? 거식증? 밥 못 먹는 거? 먹으면 되잖아.' 밥을 먹는 것이 생존에 필수적이라는 이유로, 대다수의 사람들이 즐긴다는 이유로 섭식장애는 얼마나 쉽게 이야기되는 질병인가. 오히려 '그 쉬운 밥 먹는 일'을 못하게 되는 상태가 도대체 어떤 상태인지 생각해 본다면 이런 반응이 얼마나 무성의한지 짐작할 수 있을 것이다. 그 쉬운 일을 못해 울고, 먹은 것을 토해 내고, 끼니가 되지 못할 음식만 겨우 먹는 일이란 저자에게 끊임없는 고통의 연속이다. 거기에는 몸에 대한 사회의 왜곡된 시선이 있고, 사랑과 관심에 대한 오래된 결핍이 있고, 불행했던 시절에 대한 트라우마가 있다.

이 책은 저자 자신의 경험을 끈질기게 좇아가며, 어떻게 한 개인이 음식을 거부하는 데 집착하기에 이르는지를 꼼꼼히 보여 준다. 이것은 하나의 사례이자 증언이다. 저자뿐만 아니라 섭식장애를 앓고 있는 많은 사람들, 특히 여성들이 이 사회 곳곳에 숨어 있고, 저마다 자신만의 이유와 고통이 있다.

사람들이 뼈가 보이도록 마른 몸을 칭송하는 동안 누군가는 죽어 가고 있다. 죽어 가고 있다는 건 비유가 아니라 통계다. 더 많은 사람이 죽기 전에, 우리는 이 이야기를 좀 할 필요가 있다.

_**김겨울**, 작가·유튜브 〈겨울서점〉 운영자

삼시 세끼 챙기는 것을 넘어, 상다리가 부러지게 먹고, 사진 찍어 자랑하고, 요리하고, 자랑하고, 줄 서서 맛집에 방문하고, (또 자랑하고!) 남는 시간에는 '먹방' 영상을 시청하는 우리들.

먹는 즐거움을 누리다 보면 다들 한번쯤 체중 감량 고민에 빠지기도 하지만, 이 책은 그와는 완전히 다른 이야기다. 무려 13년 간 섭식장애를 앓으며 누구보다 거대한 아픔과 고통, 상실감과 자괴감을 경험해 온 저자의 솔직하고 거침없는 고백은, 내가 미처 몰랐던 많은 사실들을 알려 주었다.

나는 이 책을 읽기 전까지 '섭식장애'가 무엇인지 잘 몰랐었다는 것을 깨달았다. 식욕부진, 폭식증, 거식증, 우울증, 강박증 등으로 사회생활에 현저한 어려움을 일으킬 뿐 아니라, 방치하면 죽음에 이를 수도 있는 병. 10대 소녀들마저도 '프로아나'라는 소위 '뼈 마른 몸'을 추구한다는 이야기를 접한 적이 있었지만, 이렇게 많은 사람들이 이런 상황에 놓일 때까지 우리 사회는 뭘 하고 있었던 것인지, 책을 몇 장 넘기자마자 소름이 돋고 괴로웠다. 장애에서 벗어나기 위한 노력이 온전히 개인에게 맡겨지는 현실 속에서, 결국 돌고 돌아 앞으로 나아가게 될 것을 믿는 작가의 용기가 수많은 사람들에게 희망의 손길을 뻗을 거라 믿는다. 모두가 이 싸움에서 이기기를 응원하며.

_김소영, 방송인·책발전소 대표.